너무 늦거나 너무 이른 건 없어

너무 늦거나 너무 이른 건 없어

초판 1쇄 발행 2022년 07월 15일

지은이 김윤주
발행처 키효북스
펴낸이 김한솔이
디자인 김효섭
주 소 인천시 부평구 부평대로 165번길 26, 1층 출판스튜디오 쓰는하루(21364)
이메일 two_hs@naver.com
블로그 https://blog.naver.com/two_hs
인스타 @writing_day_

ISBN 979-11-91477-22-1

값 14,400원

• 이 도서의 국립중앙도서관 출판예정도서목록(CIP)은 서지정보유통지원시스템 홈페이지 (http://seoji.nl.go.kr)와 국가자료공동목록시스템(http://www.nl.go.kr/kolisnet)에서 이용하실 수 있습니다.

41일간의 해파랑길 도보 에세이

너무 —— 늦거나 너무 이른 건 없어

글·그림 김윤주

키효북스

프롤로그

어쩌면 산다는 것은 파도타기와 같으리라

잠을 자다가도 갑자기 눈을 뜨는 새벽이 많아졌다. 운전하다가 고민의 늪에서 헤어나지 못하고 무서운 얼굴로 운전대를 잡기도 하고, 가슴 싸르르하게 걱정의 모래알이 온몸을 덮기도 한다. 그런 나를 볼 때마다 깜짝 놀라 하회탈을 생각하며 얼른 입꼬리를 올려보지만, 걱정이 쉬이 사라지지 않는다. 잠 못 이루는 밤에 아무 데나 끄적끄적 해놓은 감정의 글들은 대부분 경제적 불안과 삶에 대해 스스로에게 수없이 묻고 고민하는 흔적들이다. 억지로 긍정하며 훌훌 털어내려고 안간힘을 다해

애쓰지만 불안함과 초조함을 이겨내기 어렵다. 종종걸음 하며 바지런 떨고 해결해야 할 일상의 일들로 무엇이든 마음먹었다가도 주춤대기 일쑤였다. 손꼽아 비용 계산하며 이것저것 따져보면 정말이지 지금 이래도 되는 걸까 심리적 부담감에 움찔해진다.

고민이 많은 엄마가 마음에 쓰였을까. 딸 은경이가 한 마디를 내뱉는다.

"엄마, 이제부터라도 엄마, 며느리, 딸에서 엄마 자신인 윤주로 살아 봐. 주어진 타이틀을 벗어 던지라는 것이 아니라 그 안에서 엄마 자신을 먼저 챙겨보면 어떨까?"

현실적인 문제에 발이 묶여 있던 내게 딸 은경이는 무색하게 쿨하다. 일단 떠나보라고 부추긴다. 걷는 여인이 돼보면 새로운 인생이 다가올지도 모른다며, 걱정하지 말고 해보라고 등을 밀어준다.

자녀를 잘 키우고 싶어 시작했던 사회생활이 영업이었고, 경제적으로 좀 더 나은 직업을 찾는다고 이런저런 일에 관여했다가 돈을 잃는 실패도 했다. 월급쟁이 학원장, 체험학습 관련업은 오랫동안 심혈을 기울여 하고자 했지만, 생각처럼 운영하지 못했다. 그러다 직업상담 일을 평생 직업으로 생각하고 신나게 일했었다. 하지만 그 일도 정년까지 허락하지 않았다.

남편이 뇌출혈로 쓰러져 병원 생활을 하다 퇴원하게 되었다. 통원 치료와 일상생활을 곁에서 돌봐야 하는 상태라 퇴사를 할 수밖에 없었다. 꾸준히 재활치료를 하던 남편이 어느 정도 혼자 있어도 가능한 때 공부하고 자격증 취득하여 체형관리샵을 운영하였다. 안정세를 찾아가려는 시점에서 코로나19가 발목을 잡았다. 불안한 마음 안고 근근이 시간을 보내다 61세 회갑을 맞이했다.

난 61년생 김윤주. 태어난 간지의 해가 육십년 만에 돌아왔는데 무언가 의미 있는 도전을 하고 싶었다.

가장 중요한 것은 뇌병변 장애 중증인 남편의 케어인데, 두 딸과 아들이 책임지고 우리가 잘 챙긴다는 말도 덧붙인다. 엄마 인생을 북돋아 주고 '걱정 말아요, 그대'처럼 항상 응원해주는 나의 응원군. 나는 그 응원에 힘입어 애쓰고 살아온 날들을 객기 어린 투기가 아닌 투자로 만들어보기로 했다.

결심을 다잡자 내 안에 무언가 꿈틀거림이 날 깨운다. 나를 위해 무엇을 해볼 수 있을까. 제주 올레길에서 만난 분의 수첩에서 본 해파랑길 지도가 떠올랐다. 그래, 해파랑길! 언제든 시간이 되면 방법을 찾아 꼭 시도해보려고 알아보고 찾아봤던 그 길! 훗날을 기약하며 덮어두기도 하고 내게는 가능한 일이 아니라고 미리 겁먹고 여러 번 포기했던 그 길을 가보련다. 이 두 발로 직접 걸어보련다!

설렘 반, 두려운 반. 생각만 하고 가슴에 품고 있던 나의 꿈에 일단 부딪혀 보기로 했다. 발을 떼고 움직이면 진정한 나를 만날 수 있으리라. 한 번 출발하면 일주일이 넘는 시간이 걸린다. 세계 여행을 떠나는 것도 아닌데 벌써 마음이 엄청나게 거창해진다. 내게 온 귀한 시간. 환갑에 떠나는 진정한 내 인생 여행. 나는 그렇게 해파랑길로 떠났다.

차 례

3장 파도 너머 바람이 불어온다

4장 길 끝에서 나를 만나다

1장

나의 등을 밀어준 그대들 덕분에

당신의 매력 중 하나가 나이에요

부산역 앞에서 버스를 탔다. 휴일이라 한산 하였다. 차창 밖 풍경을 바라본다. 이런 시간도 여행의 일부라는 마음에 흥겹고 즐겁다. 가로수 벚나무는 봄물이 가득 차올랐다. 몽글몽글! 때를 기다리며 피어오를 준비를 하고 있다. 때가 되면 자연스럽게 행해지는 것인데도 유난히 설레었다.

오륙도해맞이공원 안내판 옆에 새집처럼 생긴 작은 상자가 보였다. 그 속엔 코스별로 명소를 새겨 넣은 스탬프가 있다. 중요한 의식을 치루 듯 50코스 중 1코스

첫 스탬프를 꾹 찍었다. 보기보다 소심하다 보니 시작이 두렵기도 했는데 이제 용기가 생긴다.

해파랑길은 '동해안의 해와 바다를 길동무 삼아 함께 걷는 길'이다. 부산 오륙도해맞이공원을 시작으로 강원도 고성 통일전망대에 이르는 750km의 장거리 여행길이다. 비순환형으로 동해안 등줄기를 따라 계속 걸어야 해서 한 곳에 숙소를 정할 수가 없다. 배낭과 함께 맞이할 길이다. 그 어떤 길이 삶을 마주하는 태도를 바꾸어 놓을지 가슴이 콩닥거린다. 너른 바다에서 불어오는 봄바람과 세찬 파도 소리 벗 삼아 걷는 즐거움을 만끽하련다.

야트막한 오르막길인데 숨이 차다. 평상시 운동 부족! 높은 산 올라온 것도 아닌데 무슨 대단한 산 등반한 것처럼 가쁜 숨을 몰아쉬니 말이다. 몸에 에너지가 필요하다고 머리가 요구한다. 잠시 휴식을 취하고 산뜻하게 발걸음 옮긴다. 해안침식 절벽 아래 거칠게 부딪치는 파도 소리에 가슴이 뚫린다. 해를 바라며 자란 굴곡진 나목의 아름다운 선은 그 자체로 멋진 조형물이다. 봄기운에 물기 먹은 나무들이 들떠있는 나와 같다.

풍경에 취해 발걸음 멈춰 사색에 빠지다가 불현듯 '이렇게 놀아도 되나?'하는 불안감이 엄습해온다. 그럴 땐 바다에 불안을 던져 버리고 위로하듯 '그래, 이제 시작이고 너 정말 잘하고 있는 거야'라며 명분을 만들어낸다. 젊은 날엔 주어진 삶을 사느라 늘 오르막! 지금에 이르러보니 큰 영광과 재물을 얻은 것도 아닌데 그냥 앞만 보고 <열심히>라는 단어를 끌어 안고 살았다. 그땐 그것이 맞는 거였으니까.

아무리 계획을 꼼꼼히 세우고 어떻게 살지 설계해 놓아도 인생살이 예상치 못한 일들이 많아 오르락내리락 살아진다는 걸 깨달은 나이가 되었다. 길을 걸으며 형형색색 나무들에게 인생을 느낀다. 자신의 역량 안에서 열심히 살아온 모든 삶에 박수를 보낼 수 있는 어른이 되어간다. 이제야.

영화 「사랑은 너무 복잡해」가 떠오른다. 다정다감하고 섬세한 남자 애덤과 즉흥적이고 적극적인 전남편 제이크 사이에서 갈등하는 중년 여성의 복잡 미묘한 심리를 대변한 이야기다. 자녀들은 하나 둘 떠나가고 살아온 세월만큼 복잡하고 혼란할 수밖에 없는 감정을 추스르며 자신을 위한 진정한 독립을 준비하는 제인. 주름진 자신의 모습이 상대에게 매력적으로 보여 지지 않음을 생각해서였을까?

"애덤, 나 너무 늙지 않았어요?"

"나이는 내가 더 많은데 왜 당신이 늙었다는 거예요?"

"당신이 만나는 여자는 35살 안팎일 텐데…."

"제인, 당신의 매력 중 하나가 나이에요."

어디서든 흔히 마주할 수 있는 지극히 평범한 나. 나를 사랑하기 위한 독립을 시도한 것이다. 마음이 시키는 도전에 나이 따윈 상관없다는 진리를 몸으로 맞이한다. 어떤 나이든 머무르지 않고 도전할 수 있다. 그 나이여서 안성맞춤인 거다.

빨간 트레킹화와 해파랑길 스탬프 북

첫 날 해파랑길 시작을 함께한 옛 직장동료 현정이는 인천으로 떠났다. 남은 6일간 오롯이 혼자 걷는다. 하지만 내 곁엔 현정이가 선물한 트레킹화가 있다. 지난해 올레길을 걸었을 때 '그 운동화로 어떻게 올레길을 걸어요?'라며 현정이가 말 한마디 툭 던지더니, 어느 날 우리 집 앞이라고 잠깐 나와 보란다. 올레길 완주하라며 건네준 빨간 트레킹화가 그녀를 대신한다.

현정이는 13살이 어린 흔히 '츤데레' 스타일의 친구이다. 처음 그녀를 만났을 땐 자기 의사를 확실하게 표현해 당황하기도 했지만, 솔직 담백함과 살가움이 있는 속 깊은 사람이다.

일상에 치여 해파랑길 완주라는 꿈만 품은 채 엄두조차 못 내고 있던 내게 그녀는 <해파랑길 스탬프북>을 건네며 말했다.

"처음과 끝은 꼭 나랑 같이해야 해요."

품고만 있던 꿈의 불씨를 건드려 부싯돌처럼 내 삶을 응원했다. 살면서 다양하게 자신의 가치관과 우정을 나눌 수 있는 존재를 만나게 되는데 내 가치관을 바꿔준 사람이 현정이었다. 나이와 무관하게 곁에 있으면 힘이 되고 따뜻한 영향력을 주는 친구다.

주황과 파랑 두 권의 스탬프 북은 손안의 이정표다. 주황은 부산부터 울진까지 1에서 27코스, 파랑은 강원도 전역 28에서 50코스까지 코스별로 인증스탬프를 찍게 되어있다. 인증스탬프는 길고 긴 코스를 포기하지 않고 신나게 걷게 하는 역할을 톡톡히 해주었다. 그게 뭐라고 도장을 꾹 찍을 때마다 고된 하루를 웃음으로 마무리하는 쾌감을 안겨주었다. 이런 소소함이 이렇게 뿌듯하고 좋은 줄 예전엔 미처 몰랐다.

서인국의 「행복의 기원」이라는 책에 이런 내용이 있다. '행복은 기쁨의 강도가 아니라 빈도다.' 완주 자체의 행복보다 걸으며 느끼는 다양한 감정과 감동이 매순간 행복이었다. 코스 하나하나 충분히 즐긴 후 스탬프를 찍을 때 성취감은 배가 되었다. 행동했고, 경험했다. 그러면서 얻어진 것이 차곡차곡 쌓였다. 행복의 빈도를 느끼며 사는 맛이란 이런 것이다.

Coffe Roasting House
10

슬프지만 황홀하게 나를 만나다

해운대 미포항에서 기장 대변항까지 혼자 걷는 날이었다. 관광지로 유명한 해동용궁사가 해파랑길로 이어져 있는 2코스 길이다. 눈코 빼앗길 정도로 멋진 풍경에 흥분을 가라앉힐 수 없었다. 혼자 여행은 오롯이 내 감정에 충실하고 내 발걸음에 맞추면 된다.

걷다 보면 마음을 송두리째 빼앗은 풍광에 심취해 시간 가는 줄 모를 때가 많은데 이 구간이 발걸음을 떼지 못하게 했다. 그러다 보면 시간이 애매해 음식점을 지나치게 되고 한참을 걸어야 나타날 때도 있다. 이날이 그랬다.

서암항에 도착하니 쑥이 제철인 계절에 꼭 먹고 싶었던 도다리쑥국이 눈에 띄었다. 혼밥은 처음이지만 식욕이 용기를 주었다. 메뉴판은 보지도 않고 말했다.

"도다리쑥국 주세요."

2인분부터란다. 망설이자 1인분은 물회만 가능하단다. 의연한 척 물회로 주문했다. 남기든 돈이 추가되든 호기 한 번 부려 볼 걸 후회가 된다. 구애받지 않고 떳떳하게 음식을 주문하는 작은 행위 하나도 미흡하였다.

또 한 번은 점심이 지난 시간에 들어간 밥집. 한 상 차려 나온 음식이 봄 그 자체였다. 맛있다며 천천히 먹는데 분위기 이상했다. 주인과 함께 읍내 병원 가려고 동네 어르신들이 기다리고 있었던 것이다. 눈치 없이 브레이크 타임에 들어가서 혼자 기분을 냈으니…. 무례한 손님이 자리에서 일어나자마자 식당 문이 닫혔다.

걷는 내내 민망하고 쑥스러운 에피소드들이 많다. 나이를 먹어도 문제 앞에서 작아지기 마련이다. 혼밥도 어렵지만 외진 곳에 숙소를 정해 혼자 잠을 잔다는 것은 큰 용기를 내야 할 획기적인 도전이었다. 서툴지만 많은 것을 해결하며 할 수 있는 것들이 쌓여가는 또 다른 의미의 홀로서기다.

어려움만 있는 것은 아니었다. 자연에 시간을 맞추고 그 중심에서 나를 찾는 여행이 되어갔다. 바다에 발 담그며 무념무상의 시간에 빠져들기도 했다. 바위 사이 밀려오는 하얀 포말에 가슴 벅찬 흥분을 감추지 못한다. 파도에 휩쓸린 미역 한 줄기, 시원한 향이 후각을 자극하더니 짭조름하고 달콤하게 미각을 채운다. 별것 아닌데 호들갑 떨며 좋아했다. 긴 시간을 숨길 수 없는 행복에 취했다.

하루는 걷는 내내 지나치는 사람이 한 명도 없었다.

한적함이 오히려 발걸음을 가볍게 했다. 해안 산길로 들어섰다. 로프를 이용해서 오르는 예쁜 길이었다. 지는 햇살에 가슴 벅찼다. 잠시 두 눈 감고 숨을 들이마신다. 이런 순간은 처음이다. 울컥하면서 내면 깊은 곳 나를 들여다본다. 다양한 역할을 잘 소화하며 이곳에 서 있는 내가 멋지다. 황혼의 인생을 돌아보며 눈물이 맺혔다. 분명 대견하고 기쁜데 슬프면서 황홀한 묘한 감정은 왜 생기는 걸까?

처음엔 힘들고 두려웠다. 걱정되었던 마음은 실수가 경험되어 용기가 생겼다. 무수한 감정에 빠져 걸었다. 점점 혼자 하는 여행이 익숙해지고 좋아졌다. 의연해질 수 있는 여유가 생기니 눈 앞에 펼쳐지는 풍광이 더욱 아름답게 다가왔다. 혼자여도 괜찮아. 혼자인 시간이 필요했고 혼자여서 가능했다.

서툴지만 많은 것을 해결하며
할 수 있는 것들이 쌓여가는
또 다른 의미의 홀로서기다.

배움엔 끝이 없다

빠르게 진보하는 기계를 활용하는 일은 복잡하고 어렵다. 그래서 어플을 깔아 놓거나 업데이트된 기능을 선보일 땐 머리가 띵하고 거부 반응부터 일어난다. 나이 때문에 라는 말로 변명하며 게으름을 피웠었다.

도보 여행객들의 길라잡이인 <두루누비> 어플을 다운받아 놓고도 해파랑길 지도를 출력해 놓아야 마음이 안정됐다. 인쇄된 문자를 봐야 제대로 머리에 입력되어진다는 아날로그 방식에 젖어서다. 익숙하지 않은 어플 활용의 두려움은 길을 걷다보니 조금씩 풀어졌다.

해파랑길은 리본과 표식이 진행 방향을 알려준다. 표식을 못 찾거나 감으로 대충하다 길을 여러 번 잘못 들어섰다. 실수를 되풀이하고 다른 코스에서 실수를 반복하였다. 그러다 더듬거리는 실력으로 자주 검색하다 보니 그간에 이용했던 아날로그의 불편함을 실감했다. 기능을 익히면 어려움 없이 여행할 수 있다는 것을 알았다. 덤벙대는 나를 향해 피식 웃어 주는 든든한 길동무가 있으니 걱정 없었다.

가끔 두루누비와 해파랑길 표시가 다를 때 최적의 길을 찾느라 헤맬 때도 있다. 이럴 때 어플에 있는 <따라가기>를 활용하면 길 찾기가 수월했다.

코스 정보와 지역별 지도가 상세하여 숙소 예약도 충분히 가능한 기능인데 처음엔 어색해서 쉬운 것도 찾아 볼 생각조차 하지 않았다. 별것 아닌 것에도 응석 어린 부탁을 하자 의지하지 말고 스스로 해보라는 딸들의 말에 서운하기도 했다. 바쁜 딸들에게 미안하기도 했지만 이건 내 일이란 깨우침에 자의반 타의반으로 어플 사용에 원대한 시동을 걸었다. 결론은 '이렇게 편한데 왜 겁먹었을까.'

작은 용기를 내면서 점점 혼자 할 수 있는 영역을 넓혀가는 인생 도전을 해파랑길에서 터득하는 시간이었다. 스마트한 세상 속에서 스마트한 인생을 살아가려면 앞으로도 배우고 익힐 일이 많다.

예전에 보았던 영화 「HER」는 디지털과 아날로그가 공존하는 2023년을 배경으로 한다. 디지털화 되어 있는 공간 속에서 일상을 보내는 것이 인상에 남았었다. 아날로그 방식으로 타인의 마음을 전달해주는 대필 작가인 남자 주인공 시어도어. 인공지능 운영체제(os)안의 여인 사만다와 사랑에 빠지고 시간과 장소의 한계를 넘어서서 대화를 한다. 디지털 정보기술은 시공간을 단축시

켜 복잡한 절차와 시간이 걸리는 일들을 간편하게 처리할 수 있도록 만들었다. 그 가운데 내가 서 있다. 대면해서 일처리를 하는 세상이 아니라 스마트폰이나 컴퓨터로 일처리를 해야 하는 세상에서 옛 것을 고수하며 살아가기엔 역부족인 것이다. 모르면 답답하고 불편한 시대에 세상과 소통하는 방식의 일부는 끊임없는 배움이 최선의 선택임을 안다. 그래서 망설이거나 두려워하지 말고 할 수 있는 것부터 차근차근 터득해야겠다. 논어 학이 편에 '배우고 때때로 그것을 익히면 기쁘지 아니 한가'라는 말을 새기며 나의 세련된 삶을 기대한다.

내 인생 '좋아요' 꾹!

회갑 생일 기념으로 근사한 식사나 명품이란 이름의 소지품들을 마다하고 나만의 시간을 선물로 선택했다. 예전부터 <길에게 길을 묻다>라는 말을 좋아했다. 나의 선택은 그 말을 인생 소제목으로 삼아 인생 프로젝트를 달성하고자 함이었다. 길에게 인생을 묻고자 도전하는 것을 해파랑길에 두었다. 계획을 실행하려고 지도를 살펴보고 날짜 간격을 맞춰보니 한 번 걷기 위해 7~10일간의 여정이라 시간이 필요했다. 가족들은 기쁜 마음으로 내가 선택한 선물을 주었다.

혼자라도 걷기로 결심한 후 주변인에게 떠날 것을 예고했다. 다짐에 대한 약속으로 꼭 걸어야 할 것 같았기 때문이다. 한편으로는 같이 떠날 친구가 있을까 하는 마음도 있었다. 돌아오는 반응은 부러움 섞인 칭찬 일색이었지 동참자는 없었다. SNS에 올린 사진과 글에 좋아요 버튼을 눌러주면 내심 흐뭇함에 어깨가 으쓱해졌다. 함께 걷지 못했지만 보내주는 칭찬에 힘입어 즐거운 등 떠밀림을 당했다. 인생은 혼자 사는 것이라지만 때론 주변인의 응원으로 살아질 때가 있다. 지금의 나에겐 더욱 그렇다.

여섯 코스를 걷는 동안 혼자였다. 혼자여도 괜찮았고 혼자인 자유가 좋았다. 자유를 즐기며 걷다보니 지인이 아니더라도 길 위에서 응원을 받은 적이 많았다.

혼자일 때 받았던 응원 중에 기억에 남는 상황들이 있다. 어스름한 저녁 야구등대, 붕장어 등대가 있는 칠포항에 다다랐다. 사진 찍기에 여념이 없을 때 생선 말리던 동네 분들이 지대한 관심을 보였다. 그분들이 볼 때 그 장소가 정신없이 사진을 찍을 장소가 아니기 때문이었다. 쌀쌀한데 쉬었다 가라며 자리 만들어 주었다. "혼자 다니요? 무슨 재미로 다니요? 나도 좀 데꼬 가소." 하며 농담을 건네신다. 감성 부자가 누리는 행복의 풍요로움을 말로 설명할 수 없었다. 웃음이 답이었다.

하루는 한적한 해변마을에서 늦은 저녁을 먹게 되었다. 많은 사람이 들르곤 하는데 여성 혼자 이 길은 걷는 것은 처음 봤다며 주인은 이것저것 묻는다. 여행의 이유나 방식은 사람들마다 천양지차인데 뭐라 단정 지어 말할 수 있을까? 그래도 찬 한 가지 더 챙겨주신 사장님께 나름의 방법을 설명했다. 멋진 삶을 산다며 힘을 실어주셨다. 평범한 일상을 조금 틀었을 뿐인데 얻은 기쁨이 크다. 파도 소리 어우러지는 창가에 앉아 조용히 달콤한 시간을 보냈다. 짜릿한 전율이 흘렀다. 소소하게 관심을 받을 때마다 발걸음이 한결 가벼웠다.

첫 번째 행보를 마치고는 동생과 함께 걷게 되었다. 혼자여도 주목받았고 둘이 걸을 때도 우리들의 행보는 눈길을 끌었다. 배낭을 짊어지고 바닷가를 걷는 모습이 어딘지 모르게 눈에 띄나 보다. 미역을 말리던 동네 분이 미역귀를 한 줌 건네며 좋은 간식거리가 될 거라고 엄지를 추켜세운다. 해맑은 미소로 응원해준 그 분과 어깨동무하며 인증 사진도 찍었다. 작은 응원일지라도 걷는 내내 웃음을 잃지 않게 해준 날이었다.

이날은 사람들 발길 뜸한 산길을 통과해야 하는 구간이었다. 동생과 난 그런 한적한 곳에 별장처럼 집을 짓고 사는 분들을 부러워하며 걸었다. 그런데 그곳에 적을 두고 사는 분마저 산을 넘어 해안에 다다라야 하는 우리에게 몇 가지 묻더니 대단하다며 손 흔들어 인사해 주었다. 부러워하고 있는데 우리가 부러움의 대상이 되었다는 것이 생동감을 불어 넣었다. 끝이 보이지 않던 종착점까지 신나게 걸었다.

여행의 길목에서 스치는 인연은 그때그때 마다 삶의 활력이 되곤 한다. 하루 걷기 마무리하고 식당에 들어선 날이었다. 4명의 중년 남성분들이 우리의 행보를 궁금해했다. 그분들도 여행 친구들이란다. 긴 도보여행에 길을 어떻게 알고 가는지 여행정보에 관심이 많았다. 그 자리에서 두루누비 어플을 설치하고 여행 이야기에 시간 가는 줄 몰랐다. 힘들었던 날이어도 그분들의 칭찬은 우리를 춤추게 만들었다.

일면식도 없는 사람들의 다양한 관심은 특별해지는 느낌과 가치 있는 시간을 잘 보내고 있다는 격려와 위로가 되었다. 어른이 되면서 칭찬을 듣고 사는 일이 그리 많지 않은데, 이번 발걸음으로 잘 살아내고 있음을 확인받고 있는 것 같았다. 내 인생이 만족스럽고 주변인도 그렇게 봐줄 때 오는 인생의 찬란한 행복을 부정하고 싶지 않다. 쾌감이 있었다.

누군가 이런 시도를 할 때 '좋아요' 꾹!

2장

함께 걸어서 더 행복한

K2

자매가 친구 되는 법

38세에 늦둥이를 출산하였다. 딸 둘을 키우다 낳은 막내아들은 축복이었다. 그러나 의욕을 갖고 일할 때라 환호를 날리는 기쁨과 동시에 갈팡질팡 육아 문제로 혼란이 왔다. 그때 동생 윤숙이가 흔쾌히 육아를 담당해 주었다.

어린 시절을 추억해보면 여섯 살 터울의 동생이라 특별히 싸우거나 자매에게 있을 법한 작은 트러블도 없이 성장했다. 순박한 시골 자매들의 평범한 일상이었다. 힘들어도 묵묵하게 이겨내었지 서로에게 걱정이나 부담

주는 말은 하지 않고 살았다. 둘 다 감정 표현을 살갑게 하는 성격도 아니었고 주어진 삶을 사느라 바빴다. 그러다 내 상황을 접한 동생은 적극적으로 언니가 사회생활을 할 수 있도록 지지해 주었다. 그런 동생이 우여곡절을 겪으며 일에 치여 살고 있었다. 내 마음 한구석 아픈 새끼손가락처럼 자리하고 있었다.

내가 해파랑길을 계획할 때 동생은 주방에서 넘어져 갈비뼈 골절로 직장을 그만두고 쉬는 중이었다. 그간 제대로 된 여행 한번 못하고 치열하게 살았던 동생과 행복을 공유하고 싶었다. 2차 행보부터 도보여행의 희열을 같이하고픈 마음이 간절하였다. 동생을 사랑하고 있다는 흥분된 마음만 가지고 자연이 선물하는 쾌감을 나열하며 두루뭉술하게 포장해 내 선택에 따르게 한 것이다.

동생은 몸 상태가 온전치 않아 피해 줄까 싶어 망설였다. 그러다 여행이 쉽지는 않겠지만 즐거울 수 있겠다는 호기심이 발동해 동행했다. 얼마 지나지 않아 발가락 사이사이 물집이 잡혔다. 종아리는 근육통에 시달렸고 끝을 알 수 없는 강행군을 왜 하고 있는지 웃음기가 사라질 때도 많았다. 근육 이완제, 진통제로 가까스로 지친 몸을 달랬다. 내 제안이 아니었으면 아침부터 저녁까지 걷고 또 걷는 행군으로 선택하겠는가? 미안한 마음이 들어 괜찮은지 물어보면 걱정하지 말라며 오히려 그 걱정을 부담스러워했다.

자연은 치료 효과가 뛰어났다. 힐링 시간이었다. 산길, 바닷길, 마을 길에서 걷는 즐거움을 경험하고 자연이 만들어낸 조화로운 풍광을 만끽하는 시간이 차곡차곡 쌓여갔다. 눈앞에 펼쳐지는 아름다운 경관은 고단함과 아픔을 치유해 주기 시작했다. 어느 순간 동생은 내가 느끼게 하고픈 여행의 묘미를 즐기게 되었다. 힘든 가운데 행복이 영글어 갔다.

혼자 걸을 때의 감동과 달리 둘이 걸을 때 또 다른 흥겨움이 찾아왔다. 각자의 느낌대로 즐겼고 자연의 소리에 젖어 노래하며 춤췄다. 긴 여정 속살을 내보이며 지나온 이야기를 풀어냈다. 술 한 잔에 하루 걸었던 길들을 되짚으며 서로에게 위로와 응원이 되었다. 무서움과 두려움이 없어도 여성 혼자 걷기에 부담되거나 위험한 곳이 많았지만 다행히 둘이기에 겁 없이 완주할 수 있었다. 윤숙이와 8코스부터 마지막 완주까지 함께 걸었다. 같이 한 모든 구간을 공감하며 이야기보따리를 키워갔다.

힘든 것 보다 무서움이 컸던 산길을 걷던 날, 산속에서 길을 못 찾아 헤매던 날, 숙소가 없어 빗속을 헤집고 다니던 날, 마을 어귀에서 뱀 밟고 난리 치던 날, 하루 2코스씩 강행군을 해야 한 구간들, 이 모든 것은 동생이 함께하여 이룬 쾌거다. 가슴 찌릿한 감동이 솟구치는 고마움이다.

정말 자랑스럽고 살면서 다가올 어떤 어려움도 이겨 낼 수 있는 힘이 생겼다고 동생은 말했다. 이 말이 잔잔하게 가슴에 울리며 눈시울이 붉어졌다. 각기 사는 게 바빠 속내를 내보이며 살 기회가 없었는데 함께 하는 시간이 쌓여 할 이야기가 무궁무진해진 자매는 친구가 되었다.

빗속의 소녀들

걷던 중 몇 번 비를 만났다. 25코스 23.2km를 걷는 날이었다. 하늘이 맑았는데 갑자기 먹구름 앞세운 바람이 심상치 않았다. 우박이 섞인 비가 뺨을 때린다. 망양정 해맞이공원을 지나칠까도 생각하다 언제 다시 올까? 하는 마음에 공원에 올라섰다. 비구름으로 가려지긴 했어도 어떤 공간인지 알고 가니 공원 오르길 역시 잘했다. 빗방울 굵기에 구애받지 않았다. 빗물이 흐르는 왕피천을 바라보다 소나무 숲과 노란 꽃을 배경 삼아 사진을 찍는 순간은 더없이 생동감 넘친다. 벚나무 길에 자작한 빗물이 만들어낸 물거울, 거기에 비친 나무그림자,

바람에 떨어진 까만 버찌와 잎들은 내 젖은 발과 조화를 이루었다. 그 속에서 물장구를 쳤다.

사정없이 부딪히는 빗줄기가 바람에 우비 속으로 스멀스멀 파고든다. 물웅덩이에서 첨벙거리며 웃고 노래하다 탭댄스 추며 물고랑을 걷어찼다. 이때 아니면 언제 할 수 있으랴. 우비는 훌러덩 날리고 물구덩이에 빠진 발은 허옇게 불었고 평상시엔 엄두도 못 낼 비 맞는 즐거움을 만끽했다. 차들이 길가에 고인 물로 우리를 덮쳐도 어찌 이렇게 재미질까? 낭만조차 느낄 수 없이 살다 보니 내게 비는 피하는 것이었다. 비는 걷는 이에게는 불청객이다. 피할 수 없으면 즐기자. 그 길 위에서 비는 잠재된 소녀 감성을 자극했다.

오래전 영화지만 비 오는 날 흥얼거림의 대표곡 「사랑은 비를 타고 Singing in the rain」가 저절로 발걸음을 움직였다. 시간여행 하는 것처럼 비를 맞으며 소녀로 변했다. 내 젊은 날은 꿈 많은 소녀라는 감성과 거리가 멀었다. 인생 그림도 없이 주어진 환경 안에서 성실하게 젊은 날을 보냈다. 책을 사 본다는 것도 고작 참고서가 전부였던 그 시절, 문화생활을 접할 기회도 흔하지 않았다. 영화를 볼 기회가 흔하지 않으니 영화 속에서 감성을 자극 받을 일이 희박했다. 소설 속에 빠져 드는 일도 교과서에서 주는 글만이 전부였던 것이 기억에 남아있다. 평범한 일상을 보내며 무덤덤한 시간 속에 있었다. 인생살이 계획대로 되지 않음을 나이 들어 깨닫고 욕심을 내려놓기로 했다. 그러면서 조금씩 나를 찾았다. 마음이 시키는 대로 하자. 빗속에서 마음이 시키는 대로 했다.

46코스 걷던 날도 회색 구름이 기온을 떨어뜨리며 비를 뿜어댔다. 떨어진 체온과 축축한 몸을 따뜻하게 달랠 시간이 필요했다. 아야진해변이 내려다보이는 언덕 카페로 들어섰다. 자매가 해파랑길을 함께 하고 있다는 말에 박수를 친다. 알고 있지만 실행을 못 하고 있다는 분도 도전해보겠다 한다. 누군가에게 힘이 되고, 도전 의지를 불러일으키는 부러움의 대상인 자매는 부러움을 팔고 커피를 마셨다. 불어 터진 발이 회복세를 보일 때쯤 그곳을 나섰다.

아야진해변 가드레일 알록달록한 블록들을 보며 퍼붓는 빗속에서도 아름다워 걸음을 멈춘다. 빗소리, 파도소리, 고조의 감성이 증폭된 아우성까지 어우러진 세상 값진 이 시간, 걸으니 보이는 아름다움이다.

비 오는 해변엔 젊음을 발산하는 서핑족들이 파도를 즐기고 있다. 해변의 여인처럼 우수에 차볼 만했다. 뭉클한 전율이 흐르는 감미로운 시간을 맞이했다. '세상 사람 모두가 도화지 속에 그려진 풍경처럼 행복하면 좋겠네.' 도보여행은 나에게 소녀를 선물해주었다. 걷고 있고 걸었기에 볼 수 있는 자연 풍광이나 사람 사는 모습에 감성 세포가 살아났다. 여행 감성은 심폐소생에 성공했다. 비 오는 날의 수채화처럼.

인생살이 계획대로 되지 않음을
나이 들어 깨닫고
욕심을 내려놓기로 했다.
그러면서 조금씩 나를 찾았다.
마음이 시키는 대로 하자.

여자들이 집을 버렸구먼!

바람이 만들어 낸 사구에 철 지난 갈색 옷 사이로 초록 옷으로 단장한 갈대가 아름다운 군락을 이루고 있었다. 바람결에 살랑이는 초록 숲에 취해 감탄하며 벤치에 앉아 있었다. 행색이 좀 다르게 보였는지 라이딩하던 중년의 신사분이 친근하게 어디서부터 걸어왔느냐고 묻는다. 포항 호미곶부터 며칠째 계속 걷고 있다니까 웃으면서 말한다.

"여자들이 아주 집을 버렸구먼."

여성이 며칠씩 집을 비우면 왜 이런 생각을 하는 걸까? 상황에 맞게 알아서 잘하고 다니는 건데도 선입견이란 참 씁쓸하게 만든다. 시대가 이렇게 바뀌었는데도 여자들의 행보에 대한 편견이 존재하다니….

그 외에도 여자 혼자 여행하다 보면 걱정의 말과 시선을 받는다. 그러니 경포호를 걸으며 만났던 조선 시대의 여류 시인 허난설헌이 더욱 애절한 마음으로 다가올 수밖에 없었다. 자신의 운명을 예견하듯 23세에 썼다는 한시 「몽유광상산시서」는 그녀의 아픔을 읽게 한다.

푸른 바다는 옥 바다에 젖어 들고
푸른 난새는 오색 난새에 기대네,
아름다운 연꽃 스물일곱 송이는
달밤 찬 서리에 붉게 떨어졌네.

강릉에 오면 꼭 들려보고 싶었던 조선 시대의 여류

시인 허난설헌 생가가 해파랑길 39코스에 있다. 최문희 장편소설 「난설헌」을 읽으면서 더욱 이곳에 오고 싶었다. 도보여행으로 돌아볼 수 있어서 얼마나 좋은지 모르겠다. 그냥 휙 돌아보고 가는 탐방이 아니라 문창살 하나라도 다시 보고 그녀의 흉상 앞에서 한참을 있었다. 역사관에서도 찬찬히 그녀의 생을 그려보았다. 불운했던 삶도 결국 죽음 앞에서 내 탓이라 했다는 해탈의 모습을 생각하니 초연해진다.

초희라는 이름과 경번, 난설헌 이란 자와 호, 3가지를 동시에 가진 여성은 조선 시대로는 몇 안 되는 인물이란다. 아들 형제들과 똑같은 학업을 받을 수 있도록 남녀 차별을 두지 않은 아버지, 책을 선물 해주는 오라버니, 시대의 편견을 뛰어넘은 집안에서 성장한 여인이다. 자존감 높은 천재 시인이자 세상을 바라보는 스케일이 다른 여성이었다. 조선 시대에 여성이라는 이유로 불운한 삶을 살다가 꽃다운 나이 27세에 요절한 그녀의

생이 가슴 아팠다. 남편의 과거시험 낙방과 방탕한 생활이 결국 사람 잘못 들어와 그렇다고 단정 짓는 시어머니의 혹독한 시집살이를 견디어야 했다. 아버지의 죽음, 전염병으로 죽은 어린 딸, 그 이듬해 아들마저 가슴에 묻었다. 특히나 훌륭한 스승을 소개하고, 두보의 한시나 신간 서적을 구해와 늘 지적 호기심을 채워주던 오빠의 죽음은 그녀가 삶의 끈을 놓아버리게 되는 계기가 되었다. 「몽유광상산시서」 한시를 쓰고 4년 후에 그녀는 병으로 생을 마감했단다. 초월하면 초연해지는 것인가?

동생 허균은 기억 속에 있는 누님의 시를 필사하고, 친정에 남아있던 그녀의 시들을 묶어 허난설헌 문집으로 출간하였다. 아녀자의 글로 치부한 조선 사회에서는 빛을 받지 못했다. 임진왜란 막바지에 명나라의 한 시인이 조선의 글을 수집하러 왔다. 그때 허균을 만나 난설헌의 한시를 가져가 명나라에서 출간했다. 그 시절 중국에서 베스트셀러가 되었다고 한다. 여성에게 엄격한 조선 사회가 만들어낸 안타까움이다.

현재 중국의 최고 명문대학인 북경대학 조선어학과에서는 한국시를 정규 과목으로 가르친단다. KBS 다큐「한국사전」 방송을 볼 때 학기 강의 주제는 허난설헌의 한시였다. 학생들은 비운의 조선 여인 시에 관심이 매우 높았고 열의에 차 공부하는 모습을 보게 되었다. 400년간 전해져 오는 허난설헌의 시. 봉건사회에 대한 반항과 불행에 대한 호소, 비애와 고통을 소리 내지 못하고 그저 받아들일 수밖에 없었던 사회에서 이름을 알릴 수 없었던 그녀를 동정한다는 학생의 말이 기억에 남았다.

방송에서 난설헌을 연구하는 중국 학생들을 보면서 정작 우리는 얼마나 그녀에 대해 알고 있을까 부끄럽다는 생각이 많이 들었다. 허균, 허난설헌 기념관이 있는 생가터에 와보고 울컥하니 애잔한 감동에 쌓였다. 경기도 광주에 아이들과 함께 묻혀있다니까 이곳도 기회를 만들어 방문해봐야겠다.

'여자들이'라고 툭 던진 말이 역사의 주인공을 새롭게 조명할 수 있는 계기가 되었다. 마인드맵 발원의 최초 동그라미 속에 긍정이란 단어를 쓰자. 여자가, 나이가 문제 되지 않게 긍정의 가지 뻗기를 하며 살아야겠다. 끊임없이 시작도 하고 시도도 하고….

푸른 바다는 옥 바다에 젖어 들고
푸른 난새는 오색 난새에 기대네,
아름다운 연꽃 스물일곱 송이는
달밤 찬 서리에 붉게 떨어졌네.

풍류에 술이 빠질 순 없지

전체 50코스를 다섯 회차로 나누어 순수 해파랑길만 41일간 걸어 완주했다. 길은 난이도에 따라 매일 다르게 몸과 마음을 자극했다. 코스가 주는 감성 등고선은 다양한 높낮이로 이루어졌고 좋으면 좋아서, 고되면 고돼서 하루도 빠짐없이 술친구를 대동했다.

젊은 날 음주가무는 시간 낭비라 생각하고, 내가 만든 틀 안에서 규칙을 지키며 살았다. 음주가무를 즐기지도 않지만 알콜이 없으면 견디지 못하는 것은 더욱 아니다. 그냥 그와 적당한 거리를 두고 음미하는 수준이다.

그러나 코스 도착점에서 스탬프를 꽝 찍으면 자아도취된 성취감에 휩쓸린다. 그런 날의 마무리는 술과 찐한 우정을 나누게 된다. 매일 색다른 방법으로 맞이하는 즐거움에 마음과 함께 몸도 부풀어갔다. 여행 안에서 술은 동반자가 되어 박자를 맞춰주고 흥을 만들어 주었다. 도전적이고 적극적인 나를 발견하는 것에 동참해 주었다.

많은 날 중 기억에 남는 날을 꼽자면 혼자 걸어 4코스를 완주한 날이다. 그 길이 주었던 아름다운 풍광과 휘몰아치듯 몰려왔던 감동들이 남아있는데 울주 진하해변 소나무 사이 붉은 기운이 정점을 찍어주었다. 바다를 감싸는 파스텔톤 노을빛을 배경으로 명선도는 그림처럼 다가왔다. 이런 날은 축하를 진하게 해줘야 한다. 상차림은 편의점 시리즈로 경제 원리 적용시켜 만원에 4캔과 행복까지 담는다. 편의점에서 맛보는 세계 맥주는 하루의 피로회복제 역할을 톡톡히 했다.

속옷 빨아 널고 벌거숭이 임금님 복장으로 주안상 앞에 앉았다. 먼저 차갑고 향긋한 맛으로 입 안을 상기시키고, 두 번째는 톡 쏘는 맛으로 친숙을 하고, 세 번째 취하고 싶어지는 기분으로 털어 넣고, 그 다음은 남으면 짐이 될까 아낌없이 해결했다. 흥에 겨워 취하고 또 취했다. 깨어 보니 아침이 찾아와 있다. 몰골은 쉿! 나만 아는 일, 비밀에 부친다.

기분 좋은 술 한 잔으로 즐거움이 배가 되었다. 특히 동생과 함께 완주한 날은 더 즐거웠다. '자 우리의 젊음을 위하여 잔을 들어라' 잔을 부딪치며 그날의 수고로움을 위로하며 보듬어 주는 낭만의 시간이었다.

매일매일 1kg씩 살을 늘리고 행복은 10kg씩 더했다. 고단한 행보에 대한 보답이었다. 완주 후 마시는 술은 서로의 깊은 속내까지 알게 한다. 서로 입을 열어 세월을 이야기하는 시간이기도 했다. 윤숙이도 언니가 어떤 생각을 하고 사는지 제대로 알게 되었다고 한다.

인생사는 맛, 술이 빠질 수 있을까? 바이브의 「술이야」를 부르며 슬픔이 차올라 마시는 술이 아니라 기쁨이 차올라서 마시는 술이라 술술 넘어간다.

여행은 여행답게

미역을 큰 바구니에 잔뜩 담아 오시는 아주머니들이 보였다. 미역 출처를 물었더니 너울성 파도에 실려 온 것이란다. 여행으로 왔다가 펜션 주인이 건져도 된다 해서 담아 오는 중이라고 한다. 우리 보고도 건져 가라 한다. 이번 코스에 합류하게 된 츤데레 친구 현정인 1초도 생각하지 않고 말했다.

"어머님들은 저렇다니까요? 여행을 왔으면 여행을 해야지 왜 일을 하느냐고요."

아마 나도 차만 있었으면 바다로 나갔을 걸 하며 그 분들의 행동에 동감했다. 미역을 줍는 나의 모습이 상상되면서 바로 현정의 말이 인정되는 건 그도 하나의 욕심임을 알아서다.

예전에는 여행 자체를 즐기지 못했다. 온전하게 여행이란 단어에 충실하며 즐기는 방법을 잘 몰랐던 때가 있었다. 여행지에서 봄에는 여행보다 나물을 뜯는 것에 더 치중하고, 가을은 단풍을 즐기는 대신 열매를 땄다. 기억나는 일화 중 강원도 어느 지역을 여행하다 수확 끝낸 양배추 밭을 보았다. 밭을 돌아다니며 고르고 골라 주변 사람들에게 나누어 주었었다. 시간 품 팔아 욕심을 낸 것이 정성과 경제의 값어치로 환산했을 때 아무 의미가 없음을 깨달았다. 내 마음이 민망해진 사건으로 무엇이 먼저인지 여행의 맛을 알아차리지 못해 벌어진 일화이다. 산새가 푸르고 꽃들이 즐비한데 그거 모르고 밭만 갈고 있듯 내가 왜 여기에 온 건지 망각한 거였다.

다른 사람들의 여행을 비난하는 게 아니고 예전의 나를 돌이켜보게 되었다. 그러한 여행도 여행이 아니라고는 못한다. 가치를 어디에 두느냐의 다름일 뿐이지. 이제는 예전과 다른 여행을 즐길 줄 알게 된 것이다. 여기이기에 가질 수 있는 감동을 감성에 맡길 줄 아는 지혜를 발휘 할 수 있으니 말이다.

여행은 여자의 행복이요, 여기서 행복이랄까?

밋밋한 길도 이래서 좋아

전 구간이 마음을 사로잡는 것은 아니다. 어느 해변은 잔잔함이 싱겁게 느껴지기도 하고 파도에 쓸려 온 해초가 썩어 비릿하고 역겨운 냄새가 코와 눈살을 찌푸리게 하는 곳도 있다. 한적하고 조용한 마을길이 지루하게 느껴지고, 차도 옆으로만 계속 걸을 때도 있다. 아스팔트 언덕을 힘들게 오르기도 한다. 지루하다 싶은 길, 크게 흥미를 불러일으키지 않는 길이 나타날 땐 잠시 삶에 빗대어 보곤 한다. 길 또한 인생과 같다는 생각을 많이 한다. 모양새가 다르게 삶을 사는 것처럼.

진행될 코스를 찾아보면 무난하게 진행되는 길임을 알게 된다. 막상 흥미로움을 유발하지 않는 길일 땐 햇살도 싫고 말도 없어진다. 묵묵히 걷다가 노래를 선택한다.

"윤숙아, 우리 노래하며 걷자."
"무슨 노래?"

세상에 그렇게 많은 노래가 있건만 선곡하려면 마땅하게 떠오르는 것이 없다. 출력이 한정된 메모리 칩에서 선곡한 것이다. 정동원이 부른 「여백」 가사가 지금 심정과 아주 딱 맞은 것 같다. 신나게 흥얼거리다 알고 있는 소절에서는 어쩌다 한 번씩 큰 소리로 목청껏 부른다. 음치여도 부끄럽지 않다. 왜냐하면 지나는 사람 한 명도 없으니까.

<전화기 충전은 잘하면서 내 삶은 충전하지 못하고

사네. 마음에 여백이 없어서 인생을 쫓기듯 그렸네. 마지막 남은 나의 인생은 아름답게 피우리라> 남은 인생 멋지게 살려고 충전 중인 내 삶을 간결하게 대변해준다. 마음의 여백을 들여다볼 수 있는 시간이어서 이 또한 흐뭇하다.

<언덕을 넘어 숲길을 헤치고, 가벼운 발걸음 닿는 대로, 끝없이 이어진 길을 천천히 걸어가네. 멍하니 앉아 쉬기도 하고 가끔 길을 잃어도 서두르지 않는 법. 새로운 풍경에 가슴이 뛰고 별것 아닌 일에도 호들갑을 떨면서 나는 걸어가네.> 그런데 왜 노래를 부르면서 눈물이 나지? 슬퍼서도 기뻐서도 아닌 찌릿한 전율이 온몸을 돌아 가슴에서 울컥 올라오는 감사의 눈물. 좋다. 참 좋다. 이런 여유.

김동률의 「출발」은 언제 어디서나 탁월한 선택이다. 설렘을 자극하는 가사는 여행자의 명분을 만들어 준다.

어쩌면 좋아 지금 내 모습은 가사를 영상으로 찍는 것처럼 똑같다. 여행길, 걸으며 흥겨움에 취하게 만들고 날 위해 부르는 것 같은 착각에서 헤어나지 못한다. 걷는다는 것이 이렇게 감성적일 수가 있을까?

왜 이렇게 가사가 외워지지 않느냐며 시시덕거리다가 아름답고 고운 풍경들이 눈에 들어오면 그 자리에 담뿍 안겨 입꼬리 광대뼈가 승천하도록 웃는다. 도로변 황금빛 금계국 꽃길, 너른 모래 해변에 군락을 이루며 핀 연분홍 갯메꽃, 보라 갯완두, 하얀 꽃으로 반기는 산딸나무 가로수길 등. 이렇게도 쉬고 저렇게도 쉬고 시간 구애받지 않고 마음 시키는 대로 걷는다. 이런 밋밋한 길도.

인생 사이클을 봐도 무난하게 지나가는 날도 있지만 그렇지 않은 날도 많지 않은가? 흥겨움 잃지 말고 가는 거다.

길 또한 인생과 같다는

생각을 많이 한다.

모양새가 다르게 삶을 사는 것처럼.

춤바람을 전송하다

8년 전 남편은 오십 중반 나이에 뇌출혈로 두 번이나 쓰러졌다. 오랜 시간 병원 생활을 하였고 좌측 편마비 장애를 갖게 되어 일상생활은 부분적 도움을 받아야 한다. 해파랑길 완주 계획을 세워놓고 선뜻 출발하지 못했던 것도 남편 보살필 아이들과 일정을 맞춰야 했던 문제도 있었다.

남편은 쓰러지기 전 기타를 치던 자신의 영상을 수없이 반복해서 보는 즐거움으로 산다. 몸을 마음대로 움직이지 못하지만 하고 싶은 걸 하도록 힘을 실어주고 나를 통해 대리만족하며 기뻐한다. 자신을 챙겨주는 아내에게 보답하고 싶어 했다.

회갑이란 완숙미 넘치는 나이에 인생 도전을 시도하겠다는 나를 마음 실어 응원해주는 조력자다. 그런 남편을 위한 나의 작은 선물이 바로 함께 걷는 기분을 느낄 수 있게 길마다 아름다운 장소와 특이한 곳을 사진을 찍어 보내는 것이었다. 남편은 여러 장의 사진을 연결해서 보면 이해도가 떨어져 감흥을 느끼지 못했다. 그래서 동영상을 전송하기 시작했다. 동영상으로 풍광을 전해줄 수는 있었지만, 내가 느끼는 지금 이 순간의 행복까지 전해지기 어려웠다. 고민하다가 춤을 추기 시작했다.

'춤'이란 단어가 내 입에서 나오다니 이건 사람이 변해도 너무 변한 것이다. 무엇이 이렇게 적극적인 모습으로 대면할 생각을 하게 만든 것일까? 오래 살고 볼 일이다. 육십이란 나이만큼 살았다고 함부로 이런 용기를 불러내도 되는지 나도 내가 신기했다. 춤을 시작한 동기는 너울성 파도였다. 신기할 만큼 높은 파도를 몰고 밀려오다 바위와 한판 승부를 겨룰 때 엄청난 울부짖음이 환호로 바뀌고 어깨를 들썩이게 했다. 바위에 부딪혀 튀어오르는 웅장한 분수도 흥분을 감추지 못하게 했다. 바위와 바위 사이를 뛰어넘어 가까이에서 파도와 마주한다. 얼굴에 부딪히는 하얀 포말은 감탄사 제조기다. 이 타임에서 들썩거리던 마음을 몸으로 표현하기로 했다. 조용필의 「여행을 떠나요」, 민망함과 어색함을 막춤으로 승화시키고 철부지 어린애처럼 소리 지르며 웃었다. 철들자 망령은 아니겠지? 인생 막춤을 전송!

남편의 답은 '춤이 그게 뭐냐? 잘 좀 춰'였다. 도전할 일이 하나 생겼다. 춤.

시작이 어렵지 한 번 하니 진풍경 보일 땐 몸이 들썩거린다. 배경이 맞아떨어지는 곳을 눈여겨보다 시도해본다. 박자를 무시하는 엉거주춤에 호탕한 웃음으로 쑥스러움을 모면한다. 이렇게 몇 번의 과정을 즐기면서 힘들고 고단한 여정을 몸으로 풀어냈다. 오히려 정열적으로 움직였는데 한결 가벼워지는 느낌이다.

많은 춤을 추었는데 그중 가장 기억나는 장소와 춤이 있다. 이날은 35코스와 36코스를 완주해야 했고 산행이었다. 높은 봉우리는 괘방산 343.8m였다. 이 높이를 보면 산을 등반하는 사람들은 웃겠지만 그 산 오르기를 무슨 한라산 등반하는 것 이상으로 힘들어했다. 핑계 같지만 걷는 것과 산을 오르는 것은 폐에서 허락되는 공간 확보와 다리 근육의 사용한계가 완전히 다르다. 며칠째 걷다가 마주하는 산행이다 보니 숨이 턱에 찰 정도였다. 비가 오니 우비 속 몸은 축축한 데다 다리는 천근만근이었다. 오르고 내리고를 반복하다 패러글라이딩 활공장을 만났다. 그렇게 힘들어서 헥헥 거리다가 활공장 너른 전망대를 보니 은근히 그사이 농익은 근성이 나왔다. 박미경의 「이브의 경고」, 춤 선생님은 영상 속에서 초빙했다. 다리 아프다고 했던 사람이 맞나 할 정도로 신났고 강렬하게 무대를 장악하며 춤꾼으로 거듭났다.

완벽한 선물을 온몸 흔들어 준비했다. 비로 젖은 몸인지, 춤으로 흘린 땀방울인지 몸은 분명 기억할 것이다.

영상 전송! 그 영상을 본 남편은 말했다.

"춤 좀 늘었네. 멋지게 잘 추는데. 내가 다 신나고 즐겁다."

기막힌 찬사! 더 이상의 감동은 사람들을 헷갈리게 하므로 여기서 끝.

너무 늦거나 너무 이른 건 없어

호미곶은 유명한 관광명소이자 일출 명소임을 이미 많은 사람이 알고 있다. 누구나 꼭 가보고 싶은 여행지다. 해파랑길 14코스 종착점이기도 하고 15코스 시작점이라 이곳에서 8코스부터 14코스 걷기 마무리와 15코스부터 23코스를 진행할 때, 두 번을 해맞이광장 앞 <상생의 손>을 만나게 되었다.

15코스를 시작하는 이날은 사람들로 북적이던 곳이 평일이라 붐비지 않았다. 해맞이광장의 조형물들을 세심하게 보면서 걸을 수 있었다. 지난번 14코스 완주 후 스탬프를 찍고 사진으로 인증하며 광장을 빠져나왔을 땐 보이지 않았던 커다란 시계가 눈에 들어왔다. 배경이 붉은 해가 솟아오르는 해돋이 장면이다. 유심히 살펴보지 않으면 네모난 시계탑은 상생의 손 유명세에 가려 주목받지 못할 것 같다. 나 또한 무심히 지나칠 수 있었다. 가만히 보니 시곗바늘이 거꾸로 움직였다. 제목이 <거꾸로 가는 시계>였다. 지나가는 시간의 '되돌아봄'을 통해 창조 정신으로 도약하는 대한민국의 융성을 함께 염원한다는 큰 뜻을 품고 있단다. 보물찾기에 성공한 것처럼 기뻤다.

앞서간 동생에게 지나치다 시계탑 보았냐고 물으니 못 봤단다. 이 말에 어쩌다 나만 보게 된 거꾸로 가는 시계가 더 특별해졌다. 대단한 발견이라도 한 듯 뿌듯한 마음에 미소가 생긴다. 심봤다.

시간은 흐른다. 거꾸로. 이곳에 거꾸로 가는 시계가

있다는 것을 알까?

상생의 손 못지않게 의미를 갖고 있는 시계탑을 바라보며 나를 되돌아보았다. 그리고 앞으로의 나를 격려하며 한 단계 도약하겠다는 의지가 생겼다.

거꾸로 가는 시계라는 말에 영화「벤자민 버튼의 시간은 거꾸로 간다」가 떠올랐다. 피츠제럴드가 1920년대에 쓴 단편소설을 영화화했단다. 주인공 벤자민은 80대 노인으로 태어나 아기가 되어 죽음을 맞이했다. 영화 전반에 흐르는 메시지는 인생을 반추해 보는 것이다. 외모가 젊고 늙는 것이 중요한 것이 아니라 태어나면서부터 살아가는 동시에 죽어가는 것이라는 것을 보여주었다. 삶은 언제 사라질지 모르는 것이며 존재하는 것이 하루하루 사라져가는 것일지도 모른다는 의미를 전달했다.

점점 젊어지는 벤자민은 사랑하는 딸이 자신의 존재를 알기 전에 떠났고 여행지에서 아버지의 간절한 마음을 편지로 보냈다. 인도여행을 하면서 썼던 장면이 떠오른다. 어떻게 살아야 할지 삶의 방법을 알려주는 감동적인 글이다.

"살아가면서 너무 늦거나 너무 이른 건 없다. 넌 뭐든지 될 수 있어. 꿈을 이루는 데 제한은 없다고 생각한다. 지금처럼 살아도 되고 새 삶을 시작해도 돼. 최선과 최악의 선택 중 최고의 선택을 내리길 바란다. 네가 새로운 걸 보고 새로운 걸 느꼈으면 좋겠다. 너와는 생각이 다른 사람들을 만나며 후회 없는 삶을 살았으면 좋겠구나. 조금이라도 후회가 생긴다면 용기를 내서 다시 시작하렴."

거꾸로 가는 시계가 주는 의미처럼 삶을 마주하는 태도를 겸허하게 받아들이고 벤자민이 딸에게 쓴 편지를 내 마음에 담아본다. 광장 끝에 설치된 느린 우체통에서 나에게 엽서를 쓴다. 순간의 마음을 담아 쓴 엽서는 1년 뒤에 도착하게 될 것이다. '되돌아봄'의 시간이 주어질 때, 매 순간 후회 없는 삶을 살았다고 다독거릴 수 있도록 해야겠다.

걸을수록 하늘이 청명하고 맑다. 눈이 부시게 푸르른 날! 온전히 걷고자 하는 사람에겐 더없이 좋은 길이다. 이 모든 길이.

바쁠 것 없는 하루여서 자연의 아름다움을 품 안에 다 담아낼 수 있어 좋다. 지금 행복하면 그걸 그대로 누리면 된다. 나중에 꺼내 쓰겠다고 지금 이 마음을 주섬주섬 꾸겨 넣어 놓고, 굳이 현실을 들여다보며 살아갈 날들에 대한 고민거리를 끄집어낼 필요는 없지 않은가?

걸으면서 보이는 것, 눈높이에 따라 시야로 들어오는 풍경은 맛이 각기 다르다.

걷자.

걸어보자.

걷는 즐거움.

걸어서 행복 속으로.

걷는 자유.

3장

파도 너머 바람이 불어온다

팔 베고 누워 거만하게

한 해의 시작은 일출 명소를 찾아 붉은 덩어리를 끌어안아야 소원이 이루어질 것 같은데 마음처럼 쉽게 찾아지지 않는다. 1년을 굳게 다짐하는 행위도 쉽지 않은데 정보 없이 예약한 숙소가 일출 명소라면 보너스가 따로 없다. 해파랑길은 동해를 따라 걸으니 모든 숙소가 동해를 바라보고 있을 거라는 생각은 버려야 한다. 일출을 보며 잠에서 깰 수 있는 행운은 특별 보너스였다.

동해안 모든 구간 중 감격한 마음으로 아침을 맞이할 때가 여러 번 있었지만 특별히 회상되는 곳이 있다.

첫 번째는 울산 정자항이 종착점인 9코스. 울산댁이 된 동생 친구 여경이가 울산 입성을 축하한다며 한달음에 달려왔다. 수다 삼매경에 빠져 늦은 시간에 예약한 숙소에 도착했다. 그러나 이게 무슨 일 일까. 예약자 명단에 없었다. 확인할 길이 없어 다시 결제하는 해프닝이 있었던 날이다. 고생한 덕분일까? 중년의 어설픈 아주머니들을 배려한 객실 배정을 받았음을 눈떠서 알았다. 커튼 사이로 비집고 들어오는 빛, 떠오르는 해에 모습을 드러내는 검은 모래 해변은 하얀 거품 사이 자신을 드러내고 있다. 솟아오르는 해를 눈이 부셔 쳐다볼 수 없는데도 침대에 버젓이 누워 감동에 감동을 연발했다. 걸었던 날 중 해돋이를 누워서 접한 날이 처음이라 호들갑을 떨었다. 일출은 날마다 새롭다. 그래서 희망한다. 행복을.

두 번째 일출은 덤으로 받은 선물이었다. 걷는 것이 꾀가 났던 날이었다. 지름길을 떠올리며 잔머리를 굴려 볼 정도로 힘이 들었다. 배가 고파서였다. 간식을 소

홀히 챙겨 물마저 바닥났고 외진 산길에서는 구입할 곳도 없었다. 일정을 체크했지만 가끔 엉뚱한 실수를 한다. 길 끝에 나타난 창포말 등대는 오아시스였다. 20코스 종착점에 다왔다는 안도에 얼마나 반가운지 몰랐다. 그곳을 지나치면 알겠지만, 주변엔 숙소나 음식점은 보이지 않고 바다와 등대가 주는 아름다움만 있는 곳이다.

숙소를 찾아가는 길은 오늘 하루 코스의 화룡점정이었다. 노을빛 머금은 바닷길은 형언할 수 없을 정도로 아름다운 색을 만들어냈다. 스멀스멀 밀려오는 행복한 고단함에 이불 속으로 빠져들었다. 그때까지만 해도 아침에 밝혀질 빛의 향연을 알아채지 못했다. 5시 넘어서니 창밖이 밝았다. 그 황홀한 광경에 탄성을 지르는 것이 예의다. 수평선으로 살포시 올라오는 해를 환호하며 반겼다. 선글라스 끼고 팔 베고 누워 태양을 맞이했다. 거만한 호사를 부려본다. 그래도 괜찮지?

"보라 동해에 떠오르는 태양 누구의 머리 위에 이글거리나?" 김민기의 「내 나라 내 겨레」라는 노래 가사는 뒤죽박죽! 앞 구절만 생각나는데 아침 해를 볼 때면 매번 흥얼거리게 된다. 일출은 필수! 노래는 선택!

붉은 해가 깨우는 찬란한 아침은 설렘이고 환희다. 두 개만 뽑았지만, 여행하면서 봤던 일출의 모든 순간들이 마음에 남는다.

파도 품 안에

행복한 삶이란 돈이나 시간이 주어진다고 다 누리는 것은 아닌 것 같다. 삶을 보는 관점과 삶을 사는 방식은 사람마다 다채롭고 다양하므로 내가 어떤 생각을 하고 사느냐가 삶의 여유도 만들어 내는 것 같다. 내일은 어떨지 모르지만 지금 내가 행복을 누리고 있는 것, 그것으로 됐다.

조원재의 「방구석미술관」에서 화가 모네를 읽다가 본 구절이 생각났다. 건초더미 주제를 같은 장소에서 빛이 다른 시간에 그린 그가 깨달은 것은 '그곳의 풍경은

단 하나가 아니더라!' 작가는 답했다. '흐르는 시간 속에 같은 것은 없더라.' 내가 봤던 파도들도 그랬다. 매번 봤던 파도지만 모네의 구절처럼 같은 장면이 없었다. 파도가 바다의 일이라면, 내가 마주한 바다는 시간에 따라 빛과 함께 다채로운 옷을 입었다. 인상파 모네를 느낀다.

3월 중순 부산 기장에서 울산 진하해변 구간을 걷는 코스. 봄을 알리는 전령의 입김이 언 땅을 질펀하게 만들어 놨다. 살랑이는 바람에 발걸음을 가볍게 내디딘다. 남쪽의 봄은 쑥 캐는 아낙들의 손끝에서 피어나고 있다. 따사로운 햇살, 잔잔한 파도, 평온한 마음이었다. 맑은 날씨였고 바다도 분주하지 않았는데 나사 해변의 도로 방파제에 부딪히는 파도는 장관이었다. 분수처럼 높게 튀어 올라오는 파도에 지나가는 차량도 물세례를 맞고, 사람들은 장난치듯 뛴다. 갑자기 이런 맑은 날에 바다는 어디부터 세찬 바람을 맞은 거야? 멋진 장관에 발걸음을 묶어 버렸다. 도로 벽 위로 고개를 내밀어 동영상에 담고, 진풍경을 렌즈 안으로 넣고 한 참을 돌아보면서 걸었던 길. 멋지다. 정말

바다는 어떤 계절, 어떤 날씨로 마주하는지에 따라 전혀 다른 모습으로 나타났다. 파도는 큰 일렁임 없이 잔잔했다. 감포항을 돌아 올라온 언덕엔 짙푸른 바다와 웅장하고 잘생긴 소나무가 위용을 뽐내고 있었다. 항구에서 볼 때와 다르게 파도가 거칠고 우렁찼다. 사람으로는 나쁜 남자 스타일이었다. 바람 세차게 휘감지만 코끝에 와 닿는 바다향기는 유난히 싱그럽다. 바다가 바다같이 다가온 날이었다. 파도의 위엄과 몽돌의 자르락 소리는 바다의 교향시다. 그런 날은 경쾌함을 동반한 발걸음으로 한층 더 신난다. 바람, 파도, 맑은 하늘 그리고 끝없이 걷는 길. 길에게 길을 묻는 행위에 흡족해하며 걷다 파도와 맞서고 있는 노인을 발견했다.

끝에 갈고리가 달려있는 대나무 장대로 파도에 쓸려 오는 미역을 건지는 촌노의 손놀림은 능수능란했다. 청새치는 아니지만 미역을 획득하는 모습은 헤밍웨이의 노인과 바다를 연상시킨다. '너울성'이란 옷을 입은 파도가 준 선물이다. 볼수록 신기하고 재미있었다. 색다른 풍경 발견했다고 좋아할 수밖에 없다. 남들 모르는 것 나만 알아서 흡족한 것 같은 느낌이랄까 아무튼 쉼 없이 재잘거리며 우리도 미역 한 줄기를 주웠다. 이게 뭐 대단한 것이라고 깔깔거리며 웃게 만드는지 모르겠다. 별것 아닌데 세상 다 얻은 것처럼 즐거워했다.

파도의 위력을 과시하며 우리를 춤추게 하고 환호하게 했던 곳들을 회상하면 그 길들이 그리워진다. 파도가 몰고 온 물보라에 젖기도 하고, 파도와 연인이 되어 '나 잡아봐라' 놀이하다 꽉 잡히기도 했다. 흠뻑 젖어 추위에 오들오들 떨어도 장난기로 똘똘 뭉쳐 목청껏 소리 지르며 웃었던 날, 모래사장에서 공중부양 하다 착지 순간 파도 속으로 풍덩 했던 날, 짓궂은 개구쟁이로 환생했던 모든 날이 그립다.

보고 싶다 개구쟁이 친구야.
다시 만날 수 있을까? 개구 우면.

삶의 현장의 진수

스타일을 바꿔 보겠다고 동생과 맞춰 산 신발이 고통을 주는 괴물로 변해 발을 괴롭혔다. 어기적거리며 걷다가 홈플러스를 발견했다. 급한 대로 신발을 바꿨다. 발이 편해지니 도착지를 향해 걸음을 재촉하였다. 별생각 없이 걷는데 오토바이 굉음이 울렸다. 동남아에 온 것 같은 진풍경이 눈앞에 펼쳐졌다. 오래전 대만에서 처음 넋을 잃고 바라보았던 오토바이 행렬이었다. 그런 일이 대한민국에서 일어나니 깜짝 놀랄 수밖에 없었다. 알고 보니 그 거리는 울산 현대중공업 앞이었다. 퇴근 오토바이 행렬! 생동감이 넘친다. 퇴근길이어서 그런지 더

활기찬 것 같다. 여기에선 일상적인 광경이긴 할 텐데 처음 보는 우리는 신기해했고, 신호가 바뀌길 기다려 몇 번을 바라보았다. 회사 정문 앞에 줄 맞춰 대기하고 있는 레이싱 행렬은 명장면이 따로 없었다.

이렇듯 열심히 살아가는 사람들 한가운데 있을 때 난 두 가지 마음 안에 놓인다. 하나는 '나도 열심히 살았으니 지금은 잠시 쉬는 거야' 다른 하나는 '이렇게 놀아도 되는 건가? 지출된 돈들은 어찌 충당하지?' 이런 상반 된 갈등 안에서 스스로 위로 하지만 안 될 때가 있다. 이럴 땐 바로 나만의 지인 찬스! 멋진 장면을 영상으로 보내는 것이다. 멋지다, 부럽다, 용기에 박수를 보낸다라는 찬사와 응원의 메시지를 받고 나면 안도의 숨을 쉴 수 있게 된다. 그들의 처방전은 단번에 훌훌 털고 일어나게 한다.

그래, 맞아 나 열심히 살았어. 아이들 키우던 주부가

할 수 있는 일을 찾아 시작한 세일즈부터 여러 가지 직업을 가졌던 나. 열심히 사는 것은 당연한데 어떤 일을 해도 세상은 호락호락하지 않았다. 각자가 겪어내는 힘듦은 정도의 차이는 분명히 있다. 내게 제일 크게 다가온 것은 남편이 다녔던 회사마다 폐업으로 없어지고, 사업을 하다 실패한 남편은 뇌출혈로 장애를 갖게 된 것이었다. 세월을 보내면서 이 또한 지나간다는 진리를 의연하게 받아들일 정도로 성숙해졌다.

형편에 맞는 지혜로운 선물을 스스로 선택한 것이 걷기로 한 것이었고 여기에 와 있는 것이다. 현재라는 가치를 더 늦지 않게 회갑나이에 선물하려는 첫 번째 의도와 미래를 위해 잠시 에너지를 충전하는 시간으로 만든다는 두 번째 의도가 의기투합했다. 형편이 안 된다는 이유로 하고 싶은 일을 미루면 후회할 것이 분명하였다. 이겨내고 행하는 일보다 하지 않는 이유를 찾는 일은 쉽다. 답을 찾다가 지금 이곳에 있는 것이다. 매사 감사할 뿐이다. 그러니 쉬는 거 괜찮아.

류시화의 「하늘호수로 떠난 여행」 인디아 어록 일과 휴식 부분에 수록된 말이 있다.

"당신들은 왜 부지런히 일하지 않는가?"라고 묻자 "당신들은 왜 쉬지 않는가?"라고 답했다는 내용이 나를 향해 찡긋 윙크를 날린다.

윙크 이건 나에게 주는 사랑이고 애교다. 토닥토닥, 끄덕끄덕 아주 잘하고 있어. 너!

폭풍이 지나간 자리

해마다 태풍 피해를 접한다. 안타까움은 뉴스를 볼 때뿐이지 눈 앞에 펼쳐진 일들이 아니면 기억해야 할 용량의 한계와 필요성 여부에 따라 연관성이 없으면 망각은 순식간이다. 태풍의 위력에 속수무책 상황이 눈에 띈 곳은 바다와 인접한 마을을 지날 때였다. 같은 마을이라도 전방 몇 킬로엔 고요하고 잔잔한 어촌 풍경을 보여주다 처절하게 부서진 집들이 보였다. 바다 쓰레기가 산더미처럼 쌓인 곳들이 나오기도 했고 길이 없어져 버리기도 했다. 아름다운 길만 나를 반기는 건 아니었다. 그래서 또 하나 삶을 생각한다. 살아 내야하고 그렇게 사는 것을.

4코스 신리항을 걷던 날 항구 주변 마을을 느릿하게 지나고 있었다. <오솔길 따라 직진-비포장 해안길 주의> 해파랑길 리본과 이정표가 헛걸음하지 말라고 길 안내를 해준다. 언덕 골목길 낮고 작은 집들 주변이 태풍으로 날아든 쓰레기들로 너저분하게 쌓여있었다. 부서져 무너지고 폐허 되다시피 한 가옥들을 보니 마음이 아려왔다. 허물어져 덧댄 집에서 들리는 라디오 소리, 개 한 마리가 꼬리를 흔든다. 누군가 살고 있다. 잔잔한 바닷가에 작은 집 짓고 살아가는 분들의 소박함 마저 자연재해엔 속수무책인 것이 안타까웠다. 이런 일은 여기에서 끝나지 않았다.

10코스, 11코스를 하루에 진행 한 날, 경주 감은사지를 돌아보고 순간 선택의 기로에 섰다. 해파랑길 리본과 화살표시는 산길로 들어서게 되어있고 두루누비 어플엔 바닷길로 표시가 되어 있었다. 해파랑길을 따라 산길을 선택했고 산길을 내려와서도 표식을 찾을 수 없었다. 우왕좌왕. 바닷길로는 갈 길이 없었다. 이렇게 헤맬 때면 피로도가 급격히 쌓여 무거워진 다리는 들리지 않았다. 잠시 바닷물에 긴장되어 단단해진 다리를 매만져주고 종착점을 찾아 출발했다. 왠지 해안을 끼고 산허리를 지나면 바로 종착점일 것 같았다. 고지가 저긴데 하며 부지런히 나정항을 지나 산으로 오르는 길로 들어섰다. 계단이 끊겨 있고 <동해안 해파랑길 재해 복구 사업> 이라는 공사 플래카드가 해안 길을 막고 있었다. 와아 '울고 싶어라'다. 멈추고 싶은 마음 이루 말할 수 없었다. 다시 돌아가야 하는 막막함뿐이었다. 자세히 보니 공사 중 임시 우회한다는 안내가 있었다. 빨리 가고 싶은 심정에 앞만 보고 걸었더니 이런 일이 발생하는군! 눈물이 난다. 힘들어서. 누가 시켰냐고.

그것이 끝이 아니었다. 산길 계단 난간들이 뽑히고 안전띠로 연결된 밧줄은 덜렁덜렁 달려 있었다. 철 계단 바닥도 이탈해 유실되어 디딜 곳 없어 조심에 또 조심했다. 해는 저물었고 발바닥에 잡힌 물집은 발 디딜 때마다 악 소리가 저절로 났다. 해안 절벽이 예쁜 길이었는데 눈에 들어오지 않고 힘이 들어 숨만 가쁘게 몰아쉬고 산길을 빠져나왔다. 26.4km 43,000보 걸었던 날이었고 이렇게 힘들어했다. 폭풍은 우리에게도 몰아친 것이다. 이런 길을 몇 번 더 만났으니 말이다.

이런 곳도 있었다. 장길리 복합낚시공원을 지나 해파랑길 표시 따라 바닷길로 내려오는 구간이었다. 대나무 숲이 지붕을 이루고 돌무더기 가득한 해안가였다. 어디서 날아왔는지 각종 쓰레기가 산더미처럼 너저분하게 뒤엉켜 있었다. 바위에 녹아내린 해초 썩은 냄새가 역겨워 인상을 찡그리게 했다. 풍랑에 무너진 흙무더기 속에 나무들은 뿌리를 드러내놓고 간신히 버티고 있다. 바람이 세거나 파도가 높은 날엔 길을 찾을 수 없는 곳이었다. 우회도로가 있으려나? 아니면 일반도로로 가다가 안전한 곳에서 합류해야 하나? 고민되었다. 도로에서 멀리 떨어진 낭떠러지 외진 바닷길이었다. 다시 돌아가기엔 애매한 구간이라 앞으로 진행할 수밖에 없었다. 해안가로는 더 이상 지나갈 길이 보이지 않았고 철 계단 하부가 유실되어 공중에 걸린 형태로 있는 길을 오를 수밖에 없었다. 올라서 보니 민간인 통제 구역인 군부대 철조망 담장이 보였다. 다시 내려와 길을 찾아 힘겹게 바위로 얽힌 길로 진입했다. 막혀 있을 것 같아 엄두가 나지 않는 곳에 철조망이 뚫려있었다. 철망 사이를 나오니 그곳은 폐허 된 양식장이었다. 아니 태풍에 다 망가진 것 같기도 하고…. 양식장을 빠져 나오니 감사하게 길이 보였다. 필히 지도 재검토와 날씨 확인해서 다녀야 할 험난한 구간이었다. 동생과 둘이라 천만다행이었음을 재차 감사했던 날이었다.

직접 태풍 피해를 본 상황은 아니었지만, 태풍이 만들어 낸 험한 길을 그때마다 잘 대처해 가며 길에 충실한 우리에게 작은 박수를 보냈다. 그런 날 모두 잘 해냈다고. 예기치 못한 멈춤이 있을 때 당황하지 말고, 심호흡 크게 하며 시야를 넓혀 놓고, 다시 앞으로 나아가는 힘을 만든 것처럼 길 위에서 작은 인생을 터득했다. 이런 과정 후 만나는 풍경들은 더욱 아름답고 멋졌다. 속수무책은 속수유책 하니 고진감래였다.

가지 않은 길

살면서 무수히 많은 선택을 해야 했다. 프로스트의 「가지 않은 길」의 은유적 표현이 선택에 대해 아쉬움을 잘 말해주는 것 같다. 이 시가 주는 메시지는 선택에 대한 결과가 좋아도 혹은 나빠도 마음에 담는 의미가 있어 좋다.

단풍 든 숲속에 두 갈래 길이 있었습니다.
몸이 하나니 두 길을 가지 못하는 것을
안타까워하며, 한참을 서서
낮은 수풀로 꺾여 내려가는 한쪽 길을

멀리 끝까지 바라다보았습니다.

....중략

오랜 세월이 지난 후 어디에선가

나는 한숨지으며 이야기할 것입니다

숲속에 두 갈래 길이 있었고 나는

사람들이 적게 간 길을 택했다고

그리고 그것이 내 모든 것을 바꾸어 놓았다고

실수가 꼭 실수로 끝나는 것이 아님을 길을 걸으며 참 많이 배웠다. 두루누비 어플이나 해파랑길 리본, 화살표시를 잘 살피고 가면 헷갈릴 구간도 없으련만 실수를 여러 번 했다. 당연하지 않은데 당연한 듯 직진하거나, 느낌대로 걷다가 엉뚱한 곳에 다다르기도 했었다. 어디에도 표시가 없어 어플을 켜고 봐도 방향을 못 잡았다. 산속에서 이리저리 위치를 옮겨 걸어보고 확인했다. 결국 아무도 걷지 않았던 곳 같은 숲길을 걸어야 했던 때 등 자잘한 해프닝들이 추억의 보따리 안에 쌓였다. 왜 그럴까? 꼼꼼한 것 같은데 덤벙대는 사람이라서 그렇지. 그래서 가지 않은 길을 가기도 했다.

어느 날, 산길에서 내려와 우연히 울산 선암호수공원을 만났다. 울타리처럼 감싸고 있는 연둣빛 버드나무와 노란 개나리의 어우러짐은 푸른빛 호수와 환상적인 조화를 이루었다. 호수를 에워싼 오래된 나무들은 잎이 나지 않았지만, 구불구불 휘어진 자태로 멋스럽게 봄을 기다리고 있다. 눈에 들어온 이 풍경이 너무 멋지고 예뻤다. 외지 사람인 난 감탄사를 연실 소리 내며 걸었다.

호수는 넓고 길고 구비 길로 자연을 해치지 않은 형태로 조성되어 인공 느낌 없이 운치가 있었다. 혼자 감탄하며 풍경에 심취해서 걷다 갑자기 왜 해파랑길 표시가 안 보이지? 왜 이렇게 멀지? 했다. 두루누비 어플을 켜고 확인해보니 너무 멀리 잘못 들어섰다. 그런데 되돌아갈 수가 없다. 코로나19로 호수 산책로를 일방통행 길로 방향을 만들어 놨다. 참 좋은 아이디어고 서로 부딪힘도 없어 좋은 방법인데 실로 난감했다. 어쩔 수 없이 호수 한 바퀴를 다 돌 수밖에 없었다. 한참 돌아가야 한다. 오늘 갈 길로 따지면 이제 초반인데 한숨 섞인 소리가 절로 났다. 그러다 잘 못 들어선 길도 호수 전 구간을 돌아볼 수 있는 기회의 선물을 준 것이다 라며 여유로움을 소환해서 위로의 중얼거림을 했다. 어느덧 호수의 반대편까지 왔다. 그곳에서 바라본 지나온 길은 그 자리에서 느낀 것과 다른 아름다움을 보여 주었다. 관점의 차이. 나를 바라보는 것도 그렇다. 한 발짝 떨어져서 자신을 지켜보는 것도 좋은 방법인 것이다. 삶의 여백이 생기를 불어넣는 기회가 될 테니까. 주어진 길 표시대로 걸었다면 보지 못했을 풍경. 작은 실수가 낳은 좋은 결과였다.

남은 거리는 덤벙대지 않고 잘 마무리하였고 땀 흘리며 걸어온 시간이 뿌듯함으로 행복을 안겨주었다. 걸

으면서 실수로 잘 못 들어선 길들은 그 길에서 만난 자연경관이 더 큰 보상을 해주었다.

이번에도 지도를 확인하지 않고 느낌만 믿고 갔던 날이다. 가파른 언덕에 <조선 시대 임금님의 진상품 울진고포돌미역> 이라고 쓴 마을 표지판이 보였다. 갈림길이었고 당연히 해파랑길이니 해안 방향이라 무조건

들어섰다. 미역 말리는 광경을 수없이 보며 지나왔는데 여긴 어르신들이 공동 작업을 하고 있었다. 해를 따라 널어놓았던 미역 망들을 해의 방향에 맞춰 바꾸는 작업이다. 착착 손발 맞아 일하는 모습이 정겨워 빤히 쳐다보고 있었다. 마을길도 정비 되어 있고, 할머니들이 운영하는 민박집 문패 옆에 미역 홍보도 빠짐없이 해놓았다. 고포마을을 지나 한참을 가다 보니 해파랑길 표시가 눈에 띄지 않는다.

직감적으로 길을 잘못 들어선 것 같아 두루누비 어플을 확인하니 와도 너무 온 것이었다. 다시 되돌아갈 수는 없다. 앞으로 나아갈 일 밖에. 지도를 보며 합류되는 지점을 확인해 놓고 이왕 이렇게 된 김에 쉬어가자며 여유를 부렸다. 마을 정자에서 여장을 풀며 발도 쉬게 하고, 신발 끈도 고쳐 매었다. 그런데 사람 심리 묘하다. 합류 지점 도착해서는 먼발치로 보이는 선택하지 못한 길에 대한 궁금증과 미련을 떨치지 못한다. '그럼 다시 가지 그래' 하며 자신을 놀린다. 욕심을 내도 그렇지 선택은 하나뿐인데 작은 것에 감사하는 중요함을 왜 잊으려 하는지. 두 갈래 길에서 망설임 없이 선택했던 정겹고 한적한 길에게 감사를 했다.

'만약에'라며 혹시 있을지도 모르는 뜻밖의 경우를 추측하는 것을 그리 달가워하지 않는다. 그런데 한번 써봐야겠다. 만약에 내가 삶의 현장에서 선택을 잘못해 잦은 실수를 한다면 너그럽게 바라볼 수 있을까? 추측하지 말고 밀어붙이자. 어떤 선택이든 그땐 그것이 최선이었으니까 잘한 거라고. 이정표를 벗어난 길이었어도 슬기롭게 해쳐 나가는 모습처럼 살면서 부딪히는 무수한 선택을 길에 비유하며 지혜롭게 살아야겠다.

가지 않은 길은 후회하는 것보다 갈림길에서 만나 선택했던 지금, 어떻게 살 것인지가 질적으로 풍부한 삶을 만들어 낼 것이다. 무엇이 삶의 가치에 이로움을 주는지 깨우친 유연한 나를 발견한다.

앤의 마음으로

‘주근깨 빼빼 마른 빨간 머리 앤 예쁘지는 않지만 사랑스러워’ 만화로 접했던 「빨간 머리 앤」을 떠올린다. 어린이에게 희망과 꿈을 주는 동화로만 알았다. 힘들고 어려울 때 발랄하고 센스 있게 세상을 바라보는 마음이 어떤 것인가를 알게 해주는 어른동화로 내 삶에 이입한다. 넷플릭스에서 드라마로 접한 후 애니메이션 50편을 다시 보고 앤을 속속들이 알고 싶어 동서문화사에서 출간한 10권의 시리즈를 읽었다. 웃고, 흥분하고, 기대하고, 안타까움과 사랑스러움을 느끼며 삶 속에 투영시켰다. 책에서 얻는 지혜는 사람마다 각각 다르겠지만 「빨간 머리 앤」은 내 인생 멘토가 되었다.

풍경을 보고 상상력을 동원해서 생각하고 들뜬 기분으로 길을 걸었다. 앤과 동일시하며 눈에 비추는 모든 사물에 단순함보다는 의미를 부여해서 바라보는 나를 발견하는 재미도 있다. 걷는 내내 긍정적인 생각으로 훌훌 털어버릴 줄도 알고 그러다 무한 감상에 빠져 심쿵하기도 했었다. 앤의 마음으로.

50코스 모든 길은 각각의 풍경과 이야깃거리를 들려주었지만 스펙터클이란 말이 어울렸던 코스가 있었다. 21코스 영덕해맞이공원에서 축산항까지 가는 날이다. 해안선은 바위 세상이었다. 바위 절벽 사이 오솔길, 다시 절벽 아래로 놓인 계단을 내려가고, 데크가 설치된 해안 바윗길로 이어지며 다양한 즐거움을 주는 곳이었다. 어느 정도 가다가 정말 예쁜 몽돌 해변을 만났다. 몽돌해수욕장에서 보는 것과 다른 크기다. 큰 몽돌, 반질반질, 둥글납작한 돌들이 인위적 조각처럼 잘 생겼다. 오랜 세월 파도에 깎여서 둥글해 진 거라면 주변이 다 몽돌이어야 하는데 특정한 곳만 둥근 돌들이 많은 건 왜일까 신기할 뿐이다. 가던 길 잠시 멈추고 포물선처럼 휘어진 해안선을 바라본다. 울퉁불퉁 바위를 디디며 가는 오늘은 또 오늘대로 멋지고 좋다. 이런 아름다운 풍경을 더 좋은 단어로 표현할 수 없음이 아쉽다. 앤은 뭐라고 했을까?

'멋지다고요? 멋지다는 말만으로는 어울리지 않아요. 아름답다고요? 그 말로도 모자라요. 어떤 말도 모두 어림없어요.' 이렇게 앤을 흉내 내며 응시하는 내 가슴도 부푼다.

테트라포드나 시멘트와 돌을 이용해서 막아놓은 해안선이나 해수욕장 모래사장이 타원으로 펼쳐질 때 평온하고 아름다운 선에 울컥한다. 이곳은 바위 해안선을 따라가니 느낌이 다르게 감동을 준다. 구불구불 돌길에 바위 타기, 흙길 걷기, 나무 데크 계단 타기, 돌계단 타기, 솔밭 길 걷기, 그리고 또 반복에 반복하는 다양한 경로를 오르고 내리고 하며 바위 절벽을 누렸다. 짙푸른 바다와 붉은 바윗길의 만남도 감탄하게 했다. 스릴 있는 이 길이 흥미진진했다. 지금까지 걸어왔던 길들의 풍경을 조각으로 이어 만들어 놓은 것 같다.

비스듬한 언덕에 자리한 조용한 석리마을은 따사롭게 비추는 햇살을 받으며 포근하게 쉬는 듯하다. 마을 앞 방파제 주변은 여느 마을길과 다르게 정비가 잘 되어 있었다. 깔끔함은 정신없이 지나 왔던 시간을 짊어진 짐 내려놓고 충분히 쉴 수 있게 해주었다. 석리마을 해안 초소 길인 산길에서 내려오는데 우리를 보며 번쩍 손을 들고 환영해주는 사람이 있다. 해파랑길 조형물로 작품명 '군인'이란다. 군인들이 초소 근무를 서고 있는 구간이라 이 곳을 지나는 탐방객을 반갑게 맞이하는 의미로

군인 조형물을 설치한 것이란다. 딱딱한 이미지를 버리고 친근감을 주기 위함이라니까 우리도 손들어 답했다. 안녕. 반가워요.

바위와 돌의 생김새와 색깔이 다양하고 돌의 질감도 다른 길의 연속, 바다를 끼고 쉴 새 없이 오르락내리락하였다. 다리는 고되지만, 눈은 번쩍였다. 길을 걸으며 느끼는 모든 감정을 앤의 말을 빌려 표현해본다.

'흥미진진하고 표현이 풍부한 단어가 많거든요. '황홀하다'나 '장엄하다' 같은 거요. 거창한 생각을 표현하려면 거기에 걸맞은 거창한 단어를 써야 하잖아요.'

거창한 생각까지는 아니어도 흥에 취한 내 모습은 거창했다. 바위 위 벤치가 유혹한다. 못 이기는 척 앉아 두 팔을 의자에 펼쳐본다. 뿌듯한 즐거움이 전율을 느끼게 한다. 사랑이었다. 이 시간 흥분에 쌓여 행복해하는 나를 사랑하는 것이었다.

"멋지다고요?

멋지다는 말만으로는 어울리지 않아요.

아름답다고요? 그 말로도 모자라요.

어떤 말도 모두 어림없어요."

예측불허 시골 인심

버스 노선을 확인하는 어플이 있어도 노선 번호를 모르거나 시간이 맞지 않으면 확인이 어려울 때가 있다. 외진 곳에서 버스를 기다리는 것은 '마냥'이란 말과 '뜻밖에'라는 말로 느긋하게 기다리는 신사적인 마음을 가져야 한다. 가끔 버스 노선을 알아야 했을 때 마을 슈퍼에서도 번호 아는 사람이 거의 없었고, 시간은 모르지만 그냥 기다리면 된다는 당연한 말들을 하였다. 시간에 얽매어 매사 검색에 의존하고 도착시각 가늠하면서 시간에 맞춰 행동하는 도회지인에겐 이해가 안 되었다.

"기다리면 와요." 기다리면 오는 게 당연한데 우린 너무 조급해하면서 살고 있었다. 누구에겐 불편한 것도 누구에겐 아무렇지도 않은 상황이니까 어떻게 생활하고 있느냐가 오히려 삶을 무던하게 만드는지도 모른다.

걷는 목적을 둔 사람이 버스를 기다려야 할 이유가 없지만 휴일을 이용해 합류한 현정이가 48코스 일부 구간을 걷고 인천으로 올라가야 해서 해안을 벗어나 마을 안쪽으로 2km 이상을 들어왔다. 가볍게 커피 한잔하고 나오는데 바로 버스가 대령하였다. 뜻밖의 행운을 거머쥔 것 같은 쾌감에 흡족해한다. 반가움에 아무 생각 없이 무작정 탔다. 현정이가 가야 할 속초시외버스터미널 방향 가는 것이 맞았다. 동생과 내가 가야 할 종착점 가진항은 그 입구에서 내려준단다. 만사형통이다. 뭐 이런 걸 가지고 만사형통까지 써가며 신나는지 모르겠지만 잘 못 탄 버스가 아니라 안도하다 보니 그런 마음이 생겼다. 내릴 사람은 없는데 버스가 정차한다. 운전석 옆

미역 다발을 정류장에서 기다리고 있던 아주머니에게 전달한다. 시골 버스의 살가움이 묻어나는 풍경이었다. 택배 소임도 해주는 것이다. 믿음과 배려가 어우러져 정 넘치는 매력적인 시골 버스. 「6시의 내 고향」에서나 나올 법한 모습을 직접 보니 더욱 정겹다. 일상의 작은 것들을 아름답게 보는 여유가 좋다.

평상시 '감사합니다.' 소리를 얼마나 자주하며 살까? 곰곰이 들여다보면 그리 많지 않은 것 같다. 그런데 걷다가 마주하는 자연경관 뿐 아니라 마을 분들에게도 인사를 많이 하게 되었다. 그런 일 중에 감사의 인사를 소리 높여 할 정도의 상황이 생겼다.

사천진해변 입구 버스 정류장은 종점이었다. 노선표를 들여다보니 아무거나 타도 경포로 갈 것 같아 무심결에 먼저 온 931번을 탔다. 시내 방향이 아닌 한적한 마을길과 들길로 계속 가는 거였다. 이상해서 옆에 분께 여쭈었더니 “경포는 안 가는데요.” 한다. 같은 931번이라도 경포를 가는 노선이 따로 있어서 탈 때 확인해야 한단다. 꼭 경포를 가야 하면 뒤에 올 931번을 타면 된다는데 마을도 없는 외진 들길에서 하차하게 되면 애매해진다. 이 소릴 들으신 아주머니가 우리보고 어딜 갈 거냐고 한다. 경포는 안 가도 되고 강릉역이나 중앙시장 쪽에 가면 된다 했더니 기사님도, 아저씨도, 아주머니도 다 같은 말로 한 번씩 알려준다. 강릉 시내로 가는 것이면 같이 내리면 된다며 오히려 여기서 가는 것이 훨씬 낫다고 한다. 우리와 같이 내려서 아무 버스나 타면 다 중앙시장 간다며 경포에서 강릉은 버스 노선도 많지 않다고 한다. 있어도 1시간에 1대씩 밖에 없어 잘 된 거라고 하시며 시골에서 길 잃어 안쓰러웠는지 우리에게 자세히도 알려주었다. 너도 나도 내일처럼 말 한 마디씩 건 낼 때마다 감사합니다. 감사합니다. 내릴 때까지 아니 내려서 환승 할 때까지 감사합니다.

실수로 한 일이 오히려 잘 된 셈이었다. 스치듯 짧은 순간, 투박하지만, 마음이 부자인 사람들의 모습이 울림으로 남았다. 이런 것 좀 펑펑 나누고 사는 사람 사는 맛. 맛있게 삽시다.

4장

길 끝에서 나를 만나다

통일전망대
통일전망대
DMZ
평화통일
장군
민족공영여장군

DIY 해파랑길

해파랑길 완주라는 인생의 큰 소임을 위해 사전 준비를 열심히 했다. 코스를 계획하고 숙소와 교통편 등 도전한다는 것에 스스로 대견해했다.

블로그를 여러 번 보고 익히고 확인했다. 볼수록 마음이 정리가 안 되고 주눅만 들었다. 완주 후 올려놓은 사진이나 글들을 보고 부럽다는 마음이 들면서 못해낼 것 같은 생각이 커졌었다. 많은 정보는 참고는 할 수 있지만 내 상황에 맞추어 볼 때 비슷한 행보로 실행하기 어려운 부분이 많았다.

시작이 반이라고 했던가? 시작의 불씨를 당기고 문제는 문제 앞에서 해결하자 생각하고 길을 나섰다. 겉보기엔 당당하게 나섰지만 소심한 걱정도 동행했다. 하루를 일기처럼 메모했다. 실수하지 않으려고 변수를 여러 번 확인하고 점검하면서 요령도 생겼다.

해파랑길 코스는 지역과 거리 등 보편적인 상황에서 구분한 것이고 출발과 마무리는 각자의 몫인 것이다. 누군가는 한 번에 한 코스만 걷고, 일 년 정도 긴 기간을 두고 시간 날 때 걷는 이도 있다. 직장인은 주말을 활용하여 걸을 수도 있고 50코스 중에서 좋아하는 길만 선택해서 걷는 사람도 있다. 또한 산악회, 동호회에서 해파랑길 트래킹을 목적으로 관광버스와 연계하여 걷는 사람도 있다. 몇 년에 한들, 주말만 한들, 하다가 말든 스스로 부여하는 삶의 가치가 다르니까 무엇이든 박수치며 인정해주면 좋은 것이다.

나는 경제적 상황과 시간을 고려하고, 다음 행보와 연결이 원활한 교통편을 효율적으로 짰다. 체력이 많이 소모될 부분도 점검했다. 직접 부딪히니 예상과 달리 변수가 많았다. 거리가 길어 시간이 많이 소요 될 줄 알았는데 의외로 난이도가 쉬워 빨리 끝나는 날도 있었고, 숙소가 애매해서 무리하며 걷는 날도 있었고, 코스가 짧아 두 코스를 걷는 경우도 있었다. 그러다 보니 3월 시작에 10월 마무리하려고 계획했던 것이 6월에 완주의 기쁨을 누렸다. 그만큼 스케줄 짜는 방법이 터득되기도 했고, 동행한 동생과 시간과 체력 조건이 착착 맞아떨어졌기 때문이다.

총 5회로 나누었다. 시작과 끝을 어디서 할지 정했다. 한 번 출발하면 7~10일 정도 걷는 방법을 택했다. 대중교통으로 이동하기 용이한 코스에서 끝맺음해야 시작하기가 수월하다. 결국 50코스 750km를 날짜로 계산하면 오고간 시간까지 합해 43일 만에 완주했다. 일부 구간은 고속버스보다 포항공항과 울산공항을 이용했다. 내려가는 날부터 한 코스라도 일정을 소화해내기 위해서다. 걷는 쾌감 이전에 비행기를 이용하니 시간을 벌었다는 효율성에 더 우쭐해지기도 했다.

시간이 남아서 걷는 게 아니었다. 시간을 만들어서 걸었다. 걸을 수 있을 때 걸어야 한다는 일념과 미루고 지체하면 다시는 그 시간이 오지 않는다는 살면서 체득했던 진리가 해내게 했다. 가슴 뛰는 삶, 그건 마음이 시킬 때 행하는 용기가 주는 것이다. 할 수 있을 때 하자. 정신이 건강하고 몸이 건강 할때, 지금 바로 지금!

시작했고 실행에 옮겼다. 하다 보니 예상했던 시간보다 완주 시간을 앞당길 수 있었다. 도전하길 정말 잘했다. 예측하지 못한 상황에 맞닿으니 해낸 기쁨은 그 이상의 감동으로 남게 되었다. 10월 말 남편은 대장암 3기 판정을 받았고 입원과 수술, 항암치료로 투병 중이다. 언급했듯이 남편은 좌측편마비 뇌병변 장애를 가져 일상생활에 도움이 필요한 사람이다. 마무리 못 하고 이런 상황에 처했다면 완성 되지 않은 불편함으로 행복하지 않았을 것이다. 난 걸었던 순간들을 떠올리며 남편 옆에 있다. 내 삶을 북돋아 주고 열렬히 응원해주는 든든한 지원군 덕에 지치지 않는 삶을 살고 있다. 브라보 나의 인생!

숙소의 아늑함은 잊어요

해파랑길을 걸을 때 가장 많이 고려해야 하는 것이 숙소였다. 원점회귀 코스가 아니고 앞으로 나가는 길이니 어디서 일과를 멈추는지가 관건이었다. 큰 항구나 도시 형태가 갖춰진 곳에 도착하면 숙소는 편하고 좋다. 하지만 성수기에만 손님이 오는 해수욕장 주변은 주의해야 할 부분이 많았다. 혹시나 해서 예약했는데 시설이 지나치게 낡은 경우도 있고, 한 곳 밖에 없어서 죽으나 사나 선택할 수밖에 없는 곳도 있었다. 거의 저녁 시간대에 도착하다 보니 다른 장소로 이동하기도 어렵고 대중교통 이용이 어려운 곳이 있다. 예약하고 가는 걸 꼭 추천한다. 무작정은 변수를 감수해야 할 일이었다.

혼자 걸었던 날 3코스 종착점인 임랑해변은 지도상으로 민박이 많았다. 혹시 몰라 전화로 확인했다. 마땅한 곳 선택하면 될 줄 알았는데 비수기이고 예약자가 없어 비워 둔 상태란다. 따로 관리자가 있지만 혼자 사용해야 하고 잠금장치도 부실하단다. 주변 민박들이 거의 비슷한 실정이며, 주변에 펜션은 괜찮은데 비싸다며 걱정 어린 소리로 말씀하신다. 1박에 9만원 정도로 혼자 잠만 자고 떠나는 나에겐 비싼 가격이었다. 갑자기 밤이 두려워졌다. 해파랑길을 야심차게 걷겠다는 다짐이 난감한 상황에 부딪힌다. 민박에서 여자 혼자 자는 일은 쉬운 일이 아닌 것 같다. 이곳저곳 검색해 펜션형 민박으로 결정했다. 여기도 주인은 다른 곳에 있지만 투숙할 고객이 있어 가능하다고 한다. 입금 처리해놓고 비수기 한적한 해변 숙소는 이런 복병이 숨어 있었구나 하며 별의별 생각이 다 하게 되었다. 일단 가보면 알겠지 하며 걱정되는 마음은 접고 걸었다. 도착해서 보니 낮은 담장에 대문 열면 바로 방 3개가 옆으로 나란히 1호, 2호, 3

호 내가 잘 곳은 2호란다. 잠금장치도 허술해 힘주어 열면 열릴 듯이 약하게 되었다. 방 한쪽 싱크대는 사용 불가하고, 세면실은 찬기가 감돌기도 하거니와 시설 상태가 낙후되어 씻는 것이 엄두가 나지 않는다. 바로 옆방엔 남자들이 투숙한단다. 걱정하는 나를 위해 주인아주머니는 숙박하고 다음 날 새벽 5시에 자택으로 가신다고 한다. 무서움도 수그러들지 않은 데다 떠드는 소리와 세찬 바람에 파도까지 아우성치니 잠은 한숨도 못 잤다. 아침 공기로 눈꺼풀을 올리고 주섬주섬 챙겨서 나왔다. 엄살을 보태 죽을 것 같이 힘든 밤이었지만 햇살은 상큼하였다. 바다의 향은 다행히 피곤을 잊게 하는 요술을 부려주었다.

숙소로 해프닝이 벌어졌던 날은 이뿐만이 아니었다. 예약을 해놓고 도착해보면 엉망인 곳도 있었다. 그런 여러 날 중에 지도로 확인했더니 안인항 주변에는 숙소가 걱정 없이 해결될 것 같아 깨끗한 곳을 선택하려고 예약하지 않았다. 일회용 우비가 당해내지 못할 정도로 비가 많이 내렸다. 안인해변 해양경찰서 앞에서 비를 가려가며 스탬프를 찍고 생각해두었던 숙소를 찾았다. 오래되어 낡은 건물이라 들어가 보지도 않고 패스! 비 좀 오면 어때 발품 팔아 좋은 곳 정하면 되지. 지나올 때 보았던 여러 숙박 시설 중에 찜해 놓은 곳 찾아갔는데 방이 없었다. 방 구하기가 어려울 거라 해도 많은 숙소 중에 방 구하지 못할까 싶어 알아보는데 민박집들도 방이 없단다. 호기부리던 자세가 갑자기 맨붕 상태가 되었다. 왜지? 마을 분에게 물으니 안인 화력발전소를 짓고 있어 관계자들이 인근 숙박 시설을 다 차지해서 아마 잘 곳이 없을 거란다. 대중교통 이용하여 강릉까지 가야 할 거라신다. '아, 이 비 오는데 어딜 가? 여기서 강릉은 얼마나 걸리는 건데? 그래도 방 하나쯤은 있지 않을까?' 비에 추워 떨고 마음도 비애에 찼다. 동생과 나누어서 민박집을 찾아다니며 알아봤다. 다 없단다. 낡아도 숙박만 하면 된다는 생각에 염두에 두었던 모텔에 전화했더니 큰 방 하나밖에 없고 둘은 안 된다고 한다. 암울한 마음 몰려와 빗물이 눈물 같다. 동네 약국에 앉아 계시는 할머님들께 여쭈었더니 혹시 모르니 부성식당엘 가보라고 한다. 건물도 괜찮고 1층은 부성가든이라 저녁도 해결할 수 있을 것 같아 들어갔더니 주인아저씨가 술을 드시고 계셨다. 식당은 아주머니가 수술 들어가 당분간 휴무인데 방은 딱 하나 있다고 오만원만 내란다. 감지덕지하고 안내해주는 대로 3층에 올라갔다. 아이고 이런, 쾌쾌한 담배 찌든 냄새가 복도부터 진동해 숨도 못 쉴 정도였다. 감지덕지는 온데간데없이 원망에 화난 말투가 쏟아져 나왔다.

이런 방이라도 구한 걸 다행임을 위로받고 싶어 다시 식당에서 이곳 상황을 여쭈어봤다. 현재 안인 화력발전소 2개를 더 크게 짓는 중이라 안인항 인근엔 방 구하기가 힘들 거라는 같은 말만 되돌아왔다.

‘그래 잘한 거야, 이 빗속에 어딜 돌아다니며 방을 구하려고.’

점점 비는 더 세차고 저녁을 먹고 나니 추위가 엄습해온다. 숙소에 비치된 물품은 하나도 없다. 수건 달랑 2개만 놓고는 주인아저씬 술에 취하셨는지 보이질 않는다. 식당에서 물과 커피를 들고 올라왔다. 이부자리는 빨아 놓았는지 그나마도 뽀송뽀송해서 화난 마음이 조금 풀렸다. 비와 함께 주룩주룩! 산행으로 2코스 진행해서 고된 하루였다. 방에 대한 투정 그만하기로 했다. 자자.

이외수의 「아불류 시불류」 중에 ‘고수는 머릿속이 한 가지 생각으로 가득 차 있고 하수는 머릿속이 만 가지 생각으로 가득 차 있다.’라고 했던가? 좋은 것만 생각하고 감동 받았던 순간을 떠올리자. 감사한 하루에만 충실하자. 만 가지 생각은 버리자.

인생 맛집

간편식으로 먹을 때도 있고 식당에서 편히 쉬면서 먹을 때도 있고 상황에 맞춰 '그때그때 달라요'로 끼니를 해결했다. 먹는 여행이 아니라 걷는 즐거움으로 채우는 여행이니 비중이 달랐다. 그래도 로컬음식 먹을 소중한 시간도 있었다. 그중 인생 맛집으로 손꼽고 싶은 곳이 있다.

재래시장에 들러 구경하는 재미도 좋다. 구룡포 근대화 거리에 도착 한 날은 종착점에서 스탬프 찍고 시장을 돌아볼 수 있는 여유로움이 주어졌다. 눈에 들어온 진미식당! 구룡포 특미 <모리국수>라고 간판에 쓰여 있었다. 모리국수는 아귀와 미역초를 콩나물, 마른 새우 넣고 끓여내어 얼큰하고 시원하였다. 특이한 건 미역초가 생선이라는 것이었다. 거기에 찬으로 나온 쫀득한 맛의 <진저리 장아찌>가 일미였다. 진저리는 바다 해초로 담근 장아찌란다. 미역초가 궁금해 묻자 주인 할머니는 알아듣겠거니 하고 투박한 경상도 사투리로 설명해주셨는데 모르는 생선이다. 궁금해 시장에서 여쭤봤더니 물텀벙도 아니고 곰치도 아닌 흐물흐물하니 조금 긴 생선이었다. 처음 본 녀석, 그래도 너 알아서 반가웠다.

다음 맛집은 정까지 덤으로 받은 곳이다. 세 번째 행보를 위해 호미곶에서 시작한 날이었다. 15코스를 시작한 날 밥을 먹여 보내야 한다며 동생 친구가 지인과 함께 울산에서 위치 추적해 찾아왔다. 반나절을 걸어 지나친 길인데 밥집 찾아 드라이브로 구룡포수협 호미곶 공판장 부근까지 내려왔다. 식당이 많으면 선택 장애가 온다. 우린 <어부마을 횟집>으로 빙고! 식당에 와인과 미역 판매도 하고 있다. 웬 와인? 찐한 경상도 사투리 섞여 간신히 알아들었던 말! 상주 팔음산 포도 와인이란다. 설명하며 반갑게 맞아주던 사장님이 참가자미 말린 것을 서비스로 내온다. 파리가 많아서 말리기 힘든데 옥상에 잘 말려 맛있다며 손수 찢어서 주셨다. 식사로 주문한 물회가 늘 보았던 비주얼이 아니라 의아해하니까, 고추장 물회로 물을 넣으면 물회, 그냥 먹으면 회덮밥이라며 육수엔 설탕이나 초고추장을 사용하지 않는다고 한다. 이 맛이 지역 사람들이 좋아하는 맛이라며 포항 물회의 진수를 알려주었다. 맑은 아귀탕이 서비스로 나왔는데 깔끔하고 시원한 맛이 최고였다 대박! 모두 입모아 다시 찾고 싶은 식당으로 손꼽았다. 아주머니는 말씀이 음식 맛을 한층 돋게 했다.

"보통 시내 맛집이라고 하는 멋 내기 집에서는 예쁜 그릇에 담아내는데 그건 파이라, 그건 음식 맛을 모르는 사람들이 하는 기라."

"아귀도 비린내 많이 난다. 그래서 끓이면서 먹어야 맛을 제대로 느끼는 기라."

당신 식당에서는 싱싱해서 아귀의 애가 있다고 자부심 넘치는 설명을 하신다.

맞다. 싱싱한 맛이 입안에 가득하다. 애도 참 고소하게 입안에 착 붙는다.

참가자미포도 다른 곳에선 쪄가 먹는지 모르는데 여기 사람들은 쪄가 먹는다고 하며 원래의 맛을 고스란히 담아낸 집 찾기 드물다는 자랑을 자연스럽게 한다. 낮술인데도 다 맛있다. 정말 다시 와야겠다.

해파랑길 걸으며 잠시 일탈의 시간이 우연찮게 생겼고, 인연의 맛집도 발견하니 마음 같아선 팔음산 와인도 사고 싶지만 이제 첫날인데 짊어지고 다니기엔 너무 먼 당신이다.

이 날은 점심도 굶어가며 걸었던 날이었다. 어제 민박집에서 알려준 「허영만의 백반기행」에도 나왔다는 <영덕 물가자미 전문점>으로 갈 일만 남았다. 20코스 종착점인 해맞이공원과 우리가 하룻밤 묵을 민박과는 반대 방향이다. 도로 따라 내려갔다 다시 올라올 생각을 하니 지친 몸이 순간 멈 짓하며 꾀가 난다. 월요일이라 혹시 문 닫았을지 몰라 전화했더니 5시까지 브레이크타임이란다. 창포말 등대 주변에는 가볍게 먹을 수 있는 편의점식 제품들은 있지만, 전혀 구미가 당기지 않았다. 지금이 2시 45분인데 어떻게 해야 할지 몰라 고민이 됐다. 민박 부근엔 아무것도 없다. 그래도 한 끼 제대로 된 식사를 해야 한다는 일념으로 1km 정도 내리막길을 걸었다. 식당을 눈앞에 두고 바닷가 벤치에서 기다리기로 결정했다. 다른 때 같으면 바다, 파도 아주 반가울 텐데 바닷바람도 서늘하고 춥기까지 했다. 옷을 껴입고 배낭을 베개 삼아 누웠다. 쉴 자세로 마음 다독였지만 허기져서 흥이 나질 않는다. 허망하게 시간을 펑펑 물 쓰듯

쓴다. 그리고 시간이 흘렀다. 야하! 2시간 이상 기다리길 정말 잘했다. 성의 있게 만들어낸 밑반찬과 가자미찌개까지 맛있고 가성비 최고다. 배도 마음도 포만감에 진짜 행복을 느낀다. 포항 구간과 영덕 구간에서 먹은 음식점마다 선택을 다 잘했지만 여긴 날 응원해주고 있는 남편과 다시 와야겠다. 반찬 그릇을 싹싹 비우고 아주 흥에 겨워 흐뭇하게 숙소를 향해 출발한다. 흡족히 저녁을 먹고 나니 까마득한 길도 가뿐했다.

그 외 기억에 남은 곳은 죽도시장 대화식당의 백반정식과 땡초김밥, 포항 해파랑 맛집 검은 돌장어구이, 축산항 대게궁의 참문어숙회와 밥 식혜, 평동항 강장식당의 봄나물 밥상은 여행 길목에서 기회가 주어진다면 추억 벗 삼아 들려보련다.

한국인 듯 한국 아닌 듯

분명 내 나라 내 땅 안에서 걷고 있는데 순간 이국적 정취에 빠지게 하는 매력적인 곳이 있다. 회야강 긴 강변을 따라 걷는 날 시작점에서 만난 강양항이 그랬다. 그리고 강 끝, 바다 시작점에 마주 보고 있는 마을을 이어주는 명선교다. 일출 명소로 알려진 곳이라지만 내가 서 있던 그 시간은 이른 아침이었다. 명선교 위에서 바라본 항구. 바다 위에 떠 있는 초록 등대 위엔 손으로 해 가리며 먼바다를 바라보는 후크 선장이 있다. 남성을 상징하는 조형물로 돌아오는 배들을 맞이하는 것 같은 형상이다. 이 등대를 통시돌이라고 칭하며 회야강 끝자락에 커다란 암초가 있어 항구를 드나드는 배들의 충돌을 막기 위해 표시 석을 세운 것이란다. 두 마리 학 모양의 교각 아래 초록 등대가 바다를 수호한다. 몽글몽글 뽀얀 구름 사이로 볼그레한 아침 햇살이 주변을 환하게 비추는 시간에 명선교 위에서 바라다보는 강양항의 풍경은 여느 항구의 풍경과는 사뭇 다르게 이국적이었다. 정겨운 항구 느낌이랄까? 양식장에서 미역을 가득 싣고 들어오는 뱃고동 소리는 조용한 아침을 깨우고, 배 지나간 자리는 하얀 물거품이 생동한다. 사방으로 담아보는 풍경은 한층 더 포구를 이국적으로 느끼게 만든다. 그 아름다운 풍경이 정말 감동적이다. 난간에 몸을 맡기고 바람이 싣고 오는 행복한 향기를 뱃고동 소리에 실려 보낸다. 나만의 느낌으로 나폴리의 어느 항구에 와 있다고 즐거운 착각에 빠져들었다.

며칠 째 걷다보면 길의 흐름을 파악했다고 아는 것처럼 추측했다가 예상 밖의 상황이 전개되는 날이 있다.

이 날도 기대감 없이 밋밋한 마음으로 바닷길로 들어섰다. 흥환보건소에서 포항 송도를 가야 하는 16코스다. 지도 검색을 했을 때는 그냥 해안을 따라가는 코스려니 하고 지루함을 달래려고 몽돌해변에서 장난치며 놀았다. 그러다 예상치 못하게 숨은 길이 나와 신났다. 바다를 품고 산책할 수 있게 데크 설치를 아주 잘해놓은 곳이다. 바위들의 생김새가 귀엽고 앙증맞아 더 흡족하게 만들었다. 생김새와 잘 어울리는 이름을 가진 바위들이 해안에 줄 서 있다. 신랑·각시 바위, 군상 바위, 오랜 세월 패여 만들어 낸 모딜리아니의 여인상 같은 가녀린 목의 미인 바위, 뽀얗게 백토로 형성된 지형, 검은 자갈, 모래 등 다양한 크기의 돌맹이를 시루떡처럼 쌓아 층을 만들어 내는 해안절벽, 거기에 바위 위 나무들이 만들어 내는 연초록 배경이 고요한 바닷가에 반영되니 시작부터 즐거움이 쏟아진다. 해안 풍경을 온전히 누릴 수 있게 바닷길에 만들어 놓은 데크는 산과 어우러져 눈을 떼지 못할 정도다. 풍랑에도 잘 버티라고 큰 돌들을 평평

하게 깔아 놓은 해안 길도 나온다. 오늘은 이런 선물을 받았네 하며 몸 안에 감동을 채워 해안 데크길을 나와 마산리 항구를 지났다.

더 다채로운 풍경이 나타날 거라는 것을 누가 알았겠나. 연오랑과 세오녀 관련 이야기가 얽혀있는 뱃머리 같은 먹바우(검둥바우)가 보인다. 바위 형상이야 어디든 이야기를 전래시키는 능력자이니 그런 바위야 어디엔들 없으랴 하며 먹바우를 지났다.

다양한 모양의 바위를 보며 지나는 한적한 곳이었다. 해안을 트레킹 할 수 있는 길이 아주 잘 만들어져있다. 이 길에서 바닷바람만 담뿍 담아 걸어도 좋겠다. 선바우길 부터는 기암괴석이 제각각의 풍화 된 세월을 자랑한다. 이곳은 스토리텔링 구간이다.

선바우 쪽에선 여왕 머리, 안중근 의사의 손, 킹콩바위, 폭포 바위 등 나름의 모양을 담고 있고 바위 사이사이 자갈이 박혀있으면서 다양한 크기로 형성된 층 쌓인 모습은 기괴하니 볼수록 매력 있다. 선바우길 구간만 이라도 걸어 보는 재미도 쏠쏠할 것 같다. 침식과 풍화 작용에 형성된 기이한 바위형상을 보러 갔던 대만 예류를 떠올리며 자연 형태는 다르지만 느낌은 이국적인 여행 장소였다. 이 주변을 지날 때 다시 새로운 느낌으로 걸어 봐야겠다는 마음이 들었다.

감탄하며 행복했던 구간들이 참 많다. 같은 하늘, 같은 땅 위에서 마주했던 날들이지만 어느 하루 감동하지 않는 날이 없었다. 내 마음에 공간이 확장되어 무엇을 봐도 풍부하게 담아낼 수 있다. 자연의 풍요로움이 가슴 넓은 인간으로 만들어준 시간이었다.

좋은 것만 생각하고 감동 받았던 순간을 떠올리자.

감사한 하루에만 충실하자.

만 가지 생각은 버리자.

야호 해냈어

걱정, 근심, 슬픔, 속상함, 곤경, 불안, 불행 등 이런 것과 친숙한 날들이 있었다. 부정적인 말들은 뿌리 깊고 긍정적인 말들은 안개처럼 사라진다. 이런 현상이 잠을 자다가도 소소한 고민과 걱정으로 뒤척이며 눈동자만 죽어라 굴리게 한다. 몇 배의 에너지가 필요해서 여러 기운을 받아 툭툭 털어내려 안간힘을 써보지만, 그 힘은 오래가지 못했다. 내 삶이 윤택해질 수 있을까? 그 포인트는 돈이었다. 윤택한 삶의 기준에 돈이 많으면 좋겠다가 우선이었다. 당시 처한 상황에서 시간은 만들 수 있었으니 핑계는 충분히 돈이다. 망설이는 이유 중에는 무엇인가를 선택할 때 지불해야 할 대가가 두렵기 때문이었다. 삶의 과정이 녹록지 않은 상태에서 남편과 딸, 아들에게 격려와 응원을 지원받았다. 이 길을 걷고자 할 때 나만큼이나 열망하는 친구들이 있었다. 그래서 어깨 한번 으쓱하며 발걸음을 떼었고 마침내 결과를 얻게 됐다.

성격상 순서대로 해나가야 하는 것이 익숙한 나였다. 그런데 사람에 대한 신의가 순서에 얽매이지 않고 털털하게 변할 수 있도록 바뀌게 했다. 해파랑길에서 인생을 돌아보겠다는 내 의견에 적극적으로 시동 걸어 준 현정이와 50코스를 함께하려고.

네 번째 행보 때 39코스까지 정방향으로 마무리했다. 마지막 다섯 번째 행보는 정방향으로 40코스를 진행하지 않고 50코스인 고성통일전망대부터 역방향으로 진행하는 방법을 택했다.

50코스는 재진검문소 부터 도보 이용이 통제된 지역이라 택시도 대절했고, 출입국신고서도 작성했다. 통일전망대에서 야호 소리 지르며 완주의 기쁨을 누리는 상상을 했었다. 전 구간 완주의 환희를 두 손 불끈 쥐고 하지 못한 다른 아쉬움은 있었지만 통일전망대까지 완주는 완주다. 1차로 기쁨을 누리고 역방향 진행을 했다.

역방향이면 어떻고 정방향이면 어떠한가? 자연경관은 그곳에서 걷는 행위의 고됨을 뛰어넘는 벅찬 감동과 흥겨움을 주었다. 드디어 마지막 구간 40코스가 눈앞에 나타나는 날이 왔다. 아무렇지도 않을 것 같았지만 몇 킬로 남지 않은 구간부터는 들뜬 마음이 발걸음에서도 확연하게 나타났다. 여유로움 속에 흥분이 묻어났다. 들에 핀 야생화도 우리에게 웃음을 보내는 것 같아 콧노래가 흥얼거려졌다. 세상이 다 예쁘다. 너그러운 마음이 저절로 생긴다.

축하엔 꽃다발이 있어야 한다는 생각이 불현듯 스쳤다. 750km 대단원의 막을 완주 스탬프와 사진으로 마무리하기엔 너무 미흡하다. 축하 꽃다발을 야생화로 만들면 되는 것이다. 개망초, 노랑 코스모스, 수크령, 미국자리공 들꽃을 한 아름 모았다. 화사하다. 손색없다. "꽃들아 고마워." 우리와 함께해서.

손아귀에 가득 부여잡고 흥얼흥얼 노래까지 부르며 얼마 남지 않은 완주 종착점을 찾아 신나게 걸었다. 다 왔다. 40코스 사천진해변. 유연한 흘림체로 쓴 '사랑'이란 빨강조형물이 사랑을 품고 우릴 반갑게 맞이했다. 교문암이라는 듬직한 바위와 코발트 빛 수평선에 파란 하늘, 사천진은 너른 가슴으로 포근하게 축하해 주었다. 정말 잘했다. 여기까지 잘 왔다.

스탬프 상자 앞에서 종착점 스탬프를 찍는 느낌은 감회가 남달랐다. 그 앞을 떠나기 싫을 정도로 대견하고 뿌듯한 마음 가누지 못할 정도다. 이렇게도 해보고 저렇게도 해보면서 세상 다 얻은 표정을 카메라에 담아낸다. 그래 봐야 사진은 거의 같은 표정인데도 온갖 포즈 취하며 '너무 좋다'를 쉬지 않고 되뇌었다. 도전에 성공한 기분, 이 기운을 살면서 잊지 않으련다. 다른 시도에 밑거름이 되겠지.

완주할 시간이 오후 한낮일 거라고 예상했고 남은 축하의 기쁨을 강릉에서 누리고자 하루를 더 묵었다. 모든 것이 탁월한 선택이었고 더없이 감사할 따름이다.

자축 행사를 위해 푸짐하게 시장을 봤다. 물에 담가 놓은 야생화 꽃다발은 화사함의 극치를 보이며 단아한 아름다움을 뽐냈다. 잔칫상 마련하고 인증 사진 찍고 또 찍었다. 가족에게 감사 동영상 찍다 고마움에 눈물이 그렁그렁 맺혔다. 먹고, 웃고, 얘기하고, 정 담뿍 담아 우리들의 여정을 생각하는 더없이 행복한 시간이었다. 벅찬 감정은 어찌할 수 없을 정도로 좋다. 히말라야 등반하면 집안 난리 나겠네.

뜻밖의 풍경에 환호하던 때, 매일 하루 마감을 책임져 준 숙소, 스쳐 가는 인연, 행보에 관심 가져주었던 정겨운 분들, 역사 속의 장소들을 접하면서 숙연해지기도 했던 모든 시간이 삶을 살아가는 방법을 알게 해준 인생 스승이었다.

이제 곰곰이 되짚으며 희망을 말하련다. 잘 할 수 있어. 잘하고 있어.

에필로그

걸으면서 무슨 생각해

걷는다. 걸을 때 많은 것을 내려놓겠네. 앞으로 어떻게 살 것인가 계획을 세워야겠네. 생각을 정리하려고 걷는 거 아니야? 이런 말이 아무것도 해당 사항이 없었다. 무계획이 계획이었다.

아침에 눈 뜨면 하루 어디까지 갈 것인가가 다였다. 걸으면서 발생되는 작은 문제는 잘 풀어가며 걸으면 된다. 분명 풀릴 문제들이니까. 만나는 모든 것들에 대한 감정이입 외엔 떠나온 현실과 동떨어지게 무한정 정열을 쏟은 하루가 갔다. 비우고 새로운 것을 채워야만 한다는 그런 것도 없다. 그 말조차 욕심인 것이다. 그냥 하루살이에 젖어 든다.

늘 새로운 풍경이 길을 열어주었고 별것 아닌 길에서도 하늘 보며 좋아했다. 파도와 장난치다가 몽돌에 발목 잡혀 미처 피하지 못해 엎어지고도 깔깔거리며 감동하면서 호들갑 떨며 좋아할 줄도 알았다. 호들갑이란 단어가 이처럼 어울렸을까. 걷는다는 행위는 목 젖혀 하늘을 쳐다보고, 밀려오는 파도를 하염없이 바라보다 처연해져 보기도 하면 된다. 그냥 뭐든 아무거나 해보는 것이다. 아름다운 풍광에 끊임없이 찬사를 보내고, 자연이 빚어낸 예술작품에 내가 들어가 안기면 되는 것이었다.

무소유. 내려놓음. 비움. 길을 걸으며 도의 경지에 저절로 이르렀다. 어떤 날은 '왜 이렇게 기를 쓰며 걷는 거지?' 할 정도로 고되었다. 걷기에 지친 때는 가야 할면 앞을 보지 않고 땅만 보고 걸었다. 그래야 힘들지 않았다. 어느 때는 초반에 감성 폭발하며 어린애처럼 좋아하고, 어느 때는 하루 코스 전부 멋진 풍경에 취하고, 어느 때는 끝 지점에서 그 흥을 발산하며 마무리하게 하였다. 고생한 끝에 보람을 찾는 것, 그런데 그 보람은 고생이 있었기에 그 크기가 큰 것일 거다.

걸으면서 무슨 생각해? 아무 생각하지 않는다는 말이 정답이다. 무념무상.

어쩌면 나에게는 무념무상의 시간이 필요했을지 모르겠다. 깨끗하게 비워진 스케치북 위에 새로운 글과 그림이 그려지는 것처럼 해파랑길을 걷고 온 내 인생도 새로운 장면이 떠오를 수 있지 않을까?

＊ 일러두기 ＊

• 개인차에 따라 소요시간이나 난이도는 다르므로 거리, 소요시간, 난이도는 두루누비앱 안내체계에 따랐습니다.

• 해파랑길을 검색하다보면 770km나 750km로 표기 되어있는데 사유지나 유실구간은 일부 변경되어 이 책에서는 750km로 표기했습니다.

• 감상포인트는 주관적인 관점입니다.

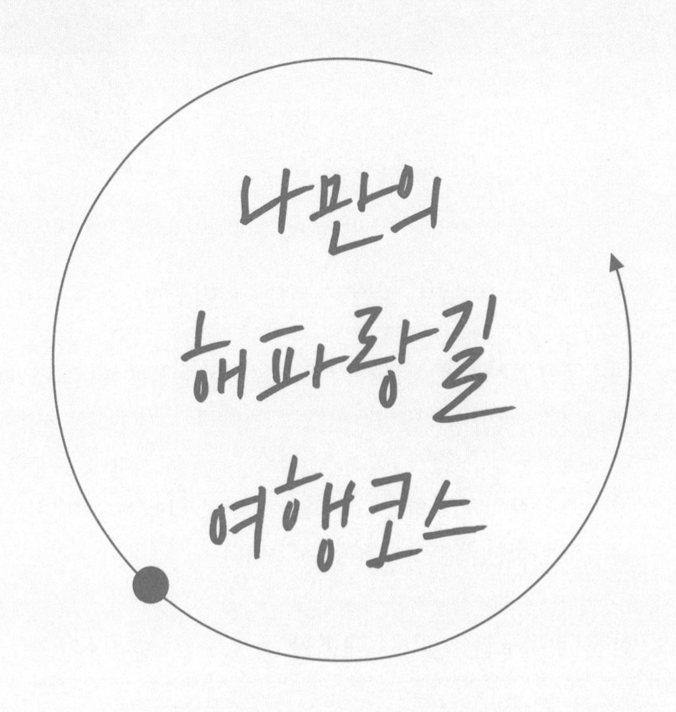

총 41일 / 1차 행보 ~ 5차 행보 50코스 정리

코스별 난이도

★★★	☆★★	☆☆★
어려움	보 통	쉬 움

1코스 부산 오륙도 해맞이 공원 - 해운대 미포항 16.9km / 6h

☆★★ 이기대길 산책로 해식절벽 아래로 펼쳐진 짙푸른 바다와 5개의 구름다리, 광안리해변의 패들보드대회장, 수영만요트경기장, 해운대영화의 거리, 누리마루전망대, 해운대해변의 조형물은 부산의 대표이기도 하겠지만 나도 와보고 싶었던 곳이었다. 첫날이라는 격한 흥분과 함께 했던 곳이다.

2코스 해운대 미포항 - 기장 대변항 14.6km / 4h

☆☆★ 문텐로드(달맞이공원) 산길로 가던 길이 현재 코스는 해운대 블루라인 옆 데크 따라 송정 해수욕장까지 바다를 바라보며 걷는 길로 변경되었다. 이 곳만 걸어보는 것도 추천하고 싶다. 해동용궁사와 오시리아해변 산책로는 매력적이다. 오랑대해변공원 용왕단엔 소원 비는 사람이 줄서있었다.

3코스 기장 대변항 - 기장 임랑해변 16.7km / 6h

☆★★ 대변항엔 특산물인 멸치액젓이 즐비하게 진열된 상점들이 눈길을 끌었고 초대형 멸치조형물이 특색 있다. 칠암항의 야구, 갈매기, 붕장어등대는 이색적이었다.

4코스 기장 임랑해변 - 울주 진하해변 19.0km / 7h

☆★★ 나사해변 도로 방파제는 파도가 분수 벽을 만들어 눈을 호강시켰고 마을벽화가 다채로웠다. 간절곶까지 이어지니 자동차로도 해안도로 따라 여행하고 싶은 곳이다. 간절곶 등대와 솔밭길도 좋고, 소망우체통은 유치환의 「행복」이란 시가 떠올라 사랑하는 이에게 편지를 쓰고 싶어진다. 해돋이 명소 간절곶과 공원에서 오랫동안 시간을 보냈다.

5코스 울주 진하해변 - 울산 폐)덕하역 17.7km / 6h

☆☆★ 시간에 따라 느낌이 다르게 오는 작은 섬 명선도. 회야강 끝자락과 만나는 강양항엔 두 마을이 떨어져있다. 마을을 이어주는 명선교는 이국적 모습을 담고 있다. 회야강을 즐기는 코스였다.

6코스 울산 폐)덕하역 - 울산 태화강 전망대 15.7km / 6.5h

★★★ 선암호수공원과 솔마루하늘길의 솔밭이 감동을 주었다. 울산대공원을 가로질러 오른 산 정상 전망대에서 바라 본 태화강십리대숲은 절경이었다.

7코스 울산 태화강 전망대 - 울산 염포산 입구 17.3km / 5.5h

☆☆★ 유리로 된 태화강은하수다리와 태화강십리대숲길, 태화루에서 바라보는 풍광이 매력적이었고 태화강을 따라 걸으며 주변에 조성 된 억새군락과 낚시하는 사람들을 보는 재미가 있었다.

8코스 울산 염포산 입구 - 울산 일산해변 입구 12.4km / 5h

☆★★ 염포산 공원과 울산전망대에서 4D VR체험도 스릴 있었고, 대왕암의 대왕교, 기암절벽이 주는 웅장함은 감탄을 연실하게 만들었다. 고이전망대에서 보는 절벽 바위와 바다는 한 폭의 그림 같았다.

9코스 울산 일산해변 입구 - 울산 정자항 19.0km / 6.5h

☆★★ 주전봉수대와 봉호사 해수관음보살이 있은 곳에서 바라본 풍광이 아름다웠다. 주전몽돌해변의 흑색자갈은 잔잔한 파도에 실려 감미로운 소리를 내고 몽돌에 누워 바다를 보는 여유도 가졌다. 강동사랑길 해안도로는 드라이브코스로도 좋겠다.

10코스 울산 정자항 - 경주 나아해변 13.0km / 5h

☆☆★ 강동몽돌해변은 감촉이 부드러운 아주 작은 조약돌과 흑모래가 섞여 색다른 느낌이었다. 강동 화암주상절리대길과 전망대에서 다양한 절리 형태의 바위 모습을 볼 수 있었다.

11코스 **경주 나아해변 - 경주 감포항** 17.2km / 5h

☆★★ 봉길해수욕장부근 문무대왕릉이 있다. 특이한 것은 문무대왕릉을 앞에 두고 무속인이나 스님을 모시고 기도하는 모습들이 었다. 11코스 마스코트인 감은사지 3층 석탑이 교과서에서 익힌 역사를 기억하게 한다.

12코스 **경주 감포항 - 포항 양포항** 13.3km / 4.5h

☆★★ 감포항등대는 감은사지3층 석탑 모형이다. 송대말등대에서 바라보는 감포항과 절벽에 거세게 부딪혀 몰아치는 파도소리는 가슴이 뚫릴 정도로 시원했다.

13코스 **포항 양포항 - 포항 구룡포항** 19.7km / 6.5h

☆☆★ 구룡포항과 구룡포전통시장 돌아보고 로컬음식도 먹었다. 구룡포문화마을길은 해마을바람길과 일본인 가옥거리로 느낌이 다른 길을 걸었다. 「동백꽃필무렵」 촬영지 이기도해서 드라마 속 장소도 찾아보고 골목벽화와 조형물을 보는 재미도 쏠쏠했다.

14코스 **포항 구룡포항 - 포항 호미곶 등대** 14.2km / 4.5h

☆☆★ 호미곶 등대와 <상생의 손>은 나에게도 명소였다. 바다를 조망할 수 있는 데크를 걸으며 2차 행보의 마무리를 했다.

15코스	포항 호미곶 등대 - 포항 흥환보건소	13.0km / 6h

☆★★ 호미곶 새천년광장과 조형물을 보며 <거꾸로 가는 시계> 탑을 발견했다. 느린우체통에서 1년 후에 만날 나에게 편지를 쓴다. 구룡소 해안절벽 전망대에서 본 기암절벽은 자연만이 빚어 낼 수 있는 절경이었다.

16코스	포항 흥환보건소 - 포항 송도해변	19.0km / 8h

☆☆★ 「연오랑과 세오녀」에 얽힌 이야기를 담고 있는 코스다. 선바우 해안 길에서 만난 다양한 바위형상들은 갈 길을 붙잡았다. <연오랑과세오녀>테마공원 귀비고 전시관도 관람하며 힘든 발걸음을 쉴 수 있었다. 주변 풍광이 주는 아름다움이 나중에 차로 지나는 길이 있다면 찾아봐도 좋을 것 같다.

17코스	포항 송도해변 - 포항 칠포해변	17.6km / 6h

☆★★ 영일대해변의 은모래는 신발 벗고 뛰어다니고 싶을 정도 유난히 반짝였다. 영일대바다전망대도 바다조망을 분위기 있게 만든다. 여남전망대와 스카이워크를 조성하고 있다. 걷는 길도 좋았는데 앞으로 이곳도 해안산책로로 큰 인기를 얻겠다. 도착점에 있는 칠포해변 주차장 규모가 엄청났다.

18코스 **포항 칠포해변 - 포항 화진해변** 19.2km / 6.5h

☆☆★ 이가리 닻 전망대도 닻 모양이라 특이하였다. 흐린 날 임에도 사람들이 북적였다. 조사리간이해변도 몽돌이라 차르락 소리에 마음을 빼앗겼다. 솔 숲 화진해변의 캠핑장에서 가족들의 정겨움을 보았다.

19코스 **포항 화진해변 - 울진 강구항** 15.7km / 6h

☆☆★ 영덕블루로드 D코스와 같아 블루로드 스탬프 투어도 함께하는 재미가 있다. 장사상륙작전전승기념탑과 학도병 군상들은 전쟁의 참상과 학도병들의 가슴 아픈 사연이 가져다주는 씁쓸함에 눈시울이 적셔졌다. 장사전승기념관과 삼사해상공원있는 이곳은 여행 중에라도 꼭 와 볼 만한 곳이다. 강구항 영덕대게 마을 즐비한 상점들의 외관 대게 조형물들을 보는 즐거움도 있다.

20코스 **울진 강구항 - 영덕 해맞이공원** 18.1km / 7.5h

☆★★ 영덕블루로드 A코스와 같고 산길만 걷다가 나타난 영덕풍력단지는 오아시스 같은 느낌이었다. 주변 조각공원 및 전시관, 전망대가 있어 일반여행지로도 손꼽힌다. 도착점에 다다를 때는 창포말 등대가 반기고 영덕해맞이공원 산책로는 그곳만 걷는 즐거움도 함께한다.

21코스 영덕 해맞이공원 - 영덕 축산항 12.9km / 6h

☆★★ 영덕블루로드 B코스와 같고 해녀들의 애환이 서린 노물리벽화와 해안누리 워라밸 로드는 걷는 즐거움을 주었다. 경북동해안지질공원 길로 경정리백악기퇴적암이 바다에 포진하고 있다. 바위로 이어진 해안길은 감동을 주었고, 그 길 끝 죽도산전망대 대나무 숲은 바람소리 가득 담아내었다.

22코스 영덕 축산항 - 영덕 고래불해변 16.3km / 6h

☆★★ 영덕블루로드 C코스와 같고 대소산봉수대에서 보이는 축산항과 동해바다는 새롭게 다가왔다. 산길 끝자락 목은 이색기념관을 관람하고 내려오니 괴시리전통한옥마을이었다. 고래불해변의 조형물이 시원하게 반겼다.

23코스 영덕 고래불해변 - 울진 후포항 11.6km / 4h

☆☆★ 코스도 짧고 크게 감흥을 주는 곳은 없었다. 후포항에서 3차행보 마무리

24코스 울진 후포항 - 기성 버스터미널 18.4km / 6h

☆★★ 후포 등기산공원의 조각 작품을 보고 산책로를 거닐며 바다에서 불어오는 바람에 취했다. 등기산스카이워크(경관개선사업으로 휴관이었음)를 관람하지 못해 아쉬움으로 대체하였더니 울진 월송정 송림이 기다리고 있었다.

25코스 기성 버스터미널 - 울진 수산교 23.3km / 7.5h

☆★★ 기성망양해변 송림이 주는 시원함과 해맞이명소인 망양휴게소 전망대에서 망망대해를 바라보았다. 망양정해맞이공원과 망양정은 비가 쏟아져 제대로 볼 순 없었지만 멋진 곳 이긴 했다.

26코스 울진 수산교 - 죽변 시외버스정류장 12.67m / 5h

☆☆★ 왕피천 생태공원 금강송의 우람함에 감탄하고 26코스 마스코트인 남대천 은어다리를 만나니 반가웠다. 연호호수공원 주변엔 울진의 여러 기관들이 자리하고 많은 사람들이 휴식을 취하고 있어 호수를 바라보며 잠시 쉬었다.

27코스 죽변 시외버스정류장 - 울진 부구삼거리 11.5km / 3.5h

☆★★ 죽변항을 돌아 해변을 끼고 걷는 길에 죽변해안스카이레일이 있다. 그 아래 산책로가 참 예뻤는데 스카이레일을 타고 바다를 보는 것 또한 멋질 것 같다. 확실히 아름답고 좋은 장소는 드라마촬영지로 한 번씩 매스컴을 타듯 죽변등대공원도 드라마촬영지였단다.

28코스 울진 부구삼거리 - 호산버스터미널 10.9km / 5h

☆★★ 강원도 구간으로 접어드는 코스다. 잘못 들어선 고포마을!

29코스 호산버스터미널 - 용화레일바이크역 18.3km / 7.5h

☆★★ 가는 날이 장날이란 말이 있듯 원덕5일장이라 장 구경하는 행운을 얻었다.

30코스 용화레일바이크역 - 궁촌레일바이크역 7.1km / 2.5h

☆★★ 황영조기념공원에서 황영조 포즈 취하기. 월요일 휴관이라 들어가 보지 못한 황영조기념관도 있다.

31코스 궁촌레일바이크역 - 삼척 맹방해변입구 8.9km / 3h

☆☆★ 지금 5월말, 사래재 길은 산딸기로 뒤덮였던 구간이었다. 자연 친화적인 날.

32코스 삼척 맹방해변입구 - 동해 추암역 입구 22.9km / 8h

☆★★ 덕산해변과 맹방해변 사이 덕봉산 둘레길은 명소다. 53년 만에 공개 된 곳이라 걷기 길로 추천한다. 맹방해변은 상맹방과 하맹방으로 나뉠 정도로 엄청 긴 해변을 자랑했다. 삼척죽서루 경관과 주변 기암괴석은 여기오길 정말 잘했다 소리가 저절로 나오게 했다. 오십천 천만송이장미공원에서도 꽃에 취해 발걸음 옮기질 못했다. <정라항,그리9 작은 미술관>이 있는 언덕마을 나릿골은 삼척항을 조망 할 수 있다. 추암해변과 추암촛대바위, 출렁다리, 추암조각공원은 도착점인 추암역 입구에서 맞이하는 선물이었다.

33코스 동해 추암역 입구 - 동해 묵호역 입구 13.6km / 4.5h

☆☆★ 계절이 주는 자연경관을 보며 동해 철로길 옆 오솔길을 걷던 날이다.

34코스 동해 묵호역 입구 - 옥계 한국여성수련원입구 14.1km / 5h

☆☆★ 묵호 논골담길 벽화마을, 포항등대에 오르는 것만으로도 묵호여행의 맛을 느낀다. 묵호 도째비골 해랑전망대, 도째비골 스카이전망대가 마주 보며 마무리 공사에 여념이 없다.(현재는 개방함) 동해망상한옥촌을 보며 걷는 코스다. 한국여성수련원 입구 금진송림은 솔 향에 온 몸의 피로가 씻기는 듯했다.

35코스 옥계 한국여성수련원입구 - 강릉 정동진역 9.7km / 3.5h

☆★★ 해무 짙은 심곡항 입구에 수 억 년 전 화산폭발로 특이한 형태를 만들어 낸 바위들이 신비롭다. 심곡항 지나 정동진 까지는 산길이었다. 인기 있는 정동진 모래시계공원과 해변이 걷기 코스에 있으니 더할 나위 없이 좋았다.

36코스 강릉 정동진역 - 강릉 안인해변 9.7km / 3.5h

★★★ 괘방산 산행 코스로 산 정상에서 보는 동해와 페러글라이딩활공장은 산을 오르는 이에게만 허락 된 뷰 맛 집이다.

37코스 강릉 안인해변 - 강릉 오독떼기전수관 15.8km / 5.5h

☆★★ 산길, 숲길, 마을길 코스다. 굴산사지당간지주가 보이고 오독떼기전수관이 나올 때까지 걷는 길이다.

38코스 강릉 오독떼기전수관 - 강릉 솔바람다리 17.4km / 6.5h

☆★★ 숲길, 산길, 오솔길, 개천을 따라 걷다가 강릉 남대천 강릉단오제 준비하는 곳에 당도하였고 강릉중앙시장을 지난다. 섬석천과 남대천이 만나 남항진 동해바다로 흐르는 길목 솔바람다리까지 물 흐르듯 걸었다.

39코스 강릉 솔바람다리 - 강릉 사천진해변공원 16.1km / 5.5h

☆☆★ 강릉안목커피거리의 유명세를 같이하고 경포호와 허난설헌 생가 터로 이어진 길이다. 경포대를 오르니 경포호가 한 눈에 들어왔다. 사천진해변을 보며 4차 행보를 끝냈다.

50코스 **고성 통일전망대 - 고성 통일안보공원** 10.9km / 3h

☆★★ 통일안보공원에서 통일전망대 출입신고서를 작성하고 출입증을 받아 개인이 준비한 차량을 이용해야 이동 가능한 코스다. DMG박물관을 방문했다. 통일전망대를 관람하고 재진검문소에서 도보로 통일안보공원까지 걸어서 도착했다.

49코스 **고성 통일안보공원 - 고성 거진항** 12.3km / 5h

☆★★ 대진항해상공원도 발걸음 잡는 길이다. 화진포호수와 해안절벽 위 송림 속 김일성별장 앞을 지난다. 고성벽화마을 구경도 좋았다.

48코스 **고성 거진항 - 고성 가진항** 13.8km / 4.5h

☆☆★ 흥미를 유발 시키는 코스는 아니지만 잔잔함이 편안함으로 다가왔다.

47코스 **고성 가진항 - 고성 삼포해변** 9.7km / 3.5h

☆☆★ 왕곡한옥마을을 들어가 북방식 가옥구조를 보았다. 송지호철새전망대로 가는 소나무 오솔길과 철새관망타워 주변 공원도 걷기에 좋은 곳이었다.

46코스 **고성 삼포해변 - 속초 장사항** 15km / 5h

☆☆★ 고성문암리유적지가 있다. 문암항 능파대와 백도의 다채로운 바위형상들이 시간가는 줄 모르고 발길을 잡았다. 천학정을 오르고 늠름한 기상과 영험함까지 갖춘 노송 앞에서 잠시 쉬고 송림을 빠져나왔다. 아야진해변을 지나 청간정을 바라본다. 정자위에서 바라보는 것도 좋지만 아래 산책로에서 풍경처럼 보는 것도 멋졌다. 봉포해변에서 캔싱턴해변까지 직선으로 뻗은 해안산책로가 눈길을 끈다.

45코스 **속초 장사항 - 속초 설악 해맞이공원** 17.6km / 6h

☆☆★ 구불구불한 영랑호 코스가 매력이었다. 속초등대전망대에 올라 짙푸르게 펼쳐진 동해를 맞이하는 기분은 상쾌함이다. 그 옆 영금정에서 속초등대와 바다전망대를 바라보며 파도소리에 취해본다. 삶, 그리운 흔적 아바이마을을 돌아보았다. 속초해변의 다양한 조형물과 외옹치해변, 설악해맞이공원에 이르는 이 코스는 걷는 즐거움 만끽에 손색이 없다.

44코스	속초 설악 해맞이공원 - 양양 수산항	12.6km / 4.5h

☆☆★ 설악해맞이조각공원은 작품 전시관처럼 다양한 조각품들이 발길을 놓아주지 않았다. 작품 감상을 하려고 시간 내어 들려 봐도 좋다. 강원도에 보기 드문 정암몽돌해변은 몽돌과 파도가 만들어내는 바다이야기에 귀 기울이게 한다. 오봉산낙산사 의상대는 항상 인기가 많다. 낙산사를 관람하고 낙산해변에서 휴식을 취하니 좋다.

43코스	양양 수산항 - 양양 하조대해변	9.5km / 3h

☆☆★ 여운포리 벽화가 화사했다. 편안하게 걷던 길이다.

42코스	양양 하조대해변 - 양양 죽도정	9.7km / 3.5h

☆★★ 하조대전망대와 스카이워크가 반긴다. 하조대정자는 하조대가 가진 의미처럼 우람한 소나무가 지키고 있다. 바다와 오솔길을 걸으며 죽도해변에 도착했다.

41코스 **양양 죽도정 - 강릉 주문진 해변** 12.4km / 4h

☆☆★ 죽도암 바위를 감상하면서 죽도정과 죽도전망대를 오른다. 높은 곳에서 내려다보는 경치는 기대만큼 좋다. 휴휴암을 걸어서 왔다는 뿌듯함이 생겼다. 바다 위 관음도량에서 종교와 무관하게 마음을 열어 기도했다. <비치마켓양양>이라더니 이름 잘 지었다며 동감했던 코스였다.

40코스 **강릉 주문진 해변 - 강릉 사천진해변공원** 12.5km / 4.5h

☆☆★ 소돌해변전망대 소돌항아들바위공원, 등대 길도 해안산책로로 이어져 있다. 주문진항은 늘 북적인다. 관광으로도 많이 찾는 곳이라 즐비하게 늘어선 특산물 파는 상점들을 보는 것도 여행인 곳이다. 깔끔한 하평해변을 지나니 사천진해변 이었다. 역방향완주로 환희에 찾던 곳이라 더 정겹다.

Thanks to

시간이 흐르면 잊힐 것 같아 하루하루를 기록했다. 해파랑길을 걷기로 결정한 마음엔 여러 의미가 내포되어 있었다. 가능할 것이라고는 생각하지 않았지만 가능한 일을 한 번 해볼까? 하는 호기심을 도전으로 바꾸고 책 만들 준비를 했다. 막상 완주 후에 어떤 방법으로 진행해야 하는지 전혀 알 길이 없었다. 그냥 맞춤법이나 띄어쓰기만 점검하고 인쇄소에 맡기는 줄 알았다. 이렇게 아무런 행동도 못 하고 있을 때 일단 글을 읽어보고 책으로 출판해도 되는 이야기 소재인지 의뢰했다.

김현숙. 그녀는 나의 일이라면 어떤 것도 망설이지 않고 팔 걷어붙이며 의기투합해 준다. 함께하지 못한 아쉬움과 이루어 낸 대견함을 대리만족하며 도와주었다. 현숙언니와 합심해서 일상이 책읽기인 지인 최명심씨, 추은희씨가 나서서 검토해 주었다. 이런 시간들을 보내는 와중에 남편이 암 진단 받고 계획은 무산될 상황이 되었다. 안타까운 건 내가 아니라 그녀들이었다. 그러다 찾아낸 출판스튜디오 <쓰는하루>. 남편 암 수술 후 병원에서 간병하고 있는 사이 현숙언니와 명심씨가 1차 상담을 해 놓았다.

<쓰는하루> 대표님과 상담하고 미팅하는 동안 책을 낸다는 작업이 얼마나 심혈을 기울여야 하는지 깨닫게 되었다. 몇 번의 미팅과 현숙언니의 각별한 응원과 관심, 대표님의 차분한 설득력, 작은 딸 은경이의 열정적 지원이 포기 일보 직전의 나를 끌어 올려주었다. 시간이 흐르고 한발자국도 떼지 못할 것 같은 내 손가락은 조금

씩 움직였고 정말 그 와중에 해냈다. 감사하다.

기록으로 남기면서 또 하나 욕심을 냈던 것이 그림이었다. 책 속에 사진이 아닌 그림을 직접 그려 넣는 것은 어떨까? 내 생각이 멋지고 부럽다며 뜻이 이루어지도록 격려하며 그림으로 나올 수 있게 힘이 되어준 <골목길화실> 석진실 선생님에게도 감사한다.

책을 쓴다는 것은 언감생심 상상도 못 했던 일이었다. 거기에 삽화를 직접 그려 넣는다는 것도 대단한 결실이었다. 살다 보니 알게 모르게 변화가 생겼고 미세한 변화들이 모여 지금의 나를 만들었다. 앞으로의 인생에도 예상하지 못한 순간들이 올 것이다. <길에게 길을 묻다>로 인생 프로젝트를 준비했던 마음을 다음엔 다른 길에서 물어볼까 한다.